MW01109016

EDAF

MADRID - MÉXICO - BUENOS AIRES - SAN JUAN

H. P. LOVECRAFT

EL QUE ACECHA EN LA OSCURIDAD

EL CLÉRIGO MALIGNO
LA SOMBRA MÁS ALLÁ DEL TIEMPO
EN LOS MUROS DE ERYX

Introducción de
ALBERTO SANTOS CASTILLO

BIBLIOTECA H. P. LOVECRAFT

Asesor literario de la colección:
ALBERTO SANTOS CASTILLO

© De la traducción: JOSÉ A. ÁLVARO GARRIDO

© 2001. De esta edición Editorial EDAF, S. A.
Editorial Edaf, S. A. Jorge Juan, 30. 28001 Madrid
Dirección en Internet: http://www.edaf.net
Correo electrónico: edaf@edaf.net

Edaf y Morales, S. A.
Oriente, 180, n.° 279. Colonia Moctezuma, 2da. Sec.
C.P. 15530. México D.F.
Dirección de Internet: http://www.edaf-y-morales.com.mx
Correo electrónico: edaf@edaf-y-morales.com.mx

Edaf y Albatros, S. A.
San Martín, 969, 3.°, Oficina 5.
1004 Buenos Aires, Argentina.
Correo electrónico: edafal1@interar.com.ar

Edaf Antillas, Inc.
Av. J. T. Piñero, 1594-Caparra Terrace (00921-1413)
San Juan, Puerto Rico
Correo elecrtrónico: forza@coqui.net

Ilustración de portada: H. R. Giger

Noviembre 2001

Depósito legal: M. 44.980-2001
ISBN: 84-414-1021-6

PRINTED IN SPAIN   IMPRESO EN ESPAÑA
IMPRIME: ANZOS, S. L. -FUENLABRADA (MADRID)

Índice

Introducción

*E*N ANTERIORES ANTOLOGÍAS *hemos ido analizando el punto de inflexión que supone para H. P. Lovecraft el final de la década de 1920, así como el comienzo de los años treinta. Siete años nos acompañaría el escritor como testigo de excepción en esta nueva década de cambios hacia la modernidad, antes del advenimiento de la mayor catástrofe del siglo* XX, *la Segunda Guerra Mundial, que supondría la ruptura definitiva con pasado.*

El propio Lovecraft habla en su correspondencia, en 1932, de una posible amenaza bélica con Japón y del concepto de la guerra como inevitable resultado de los instintos básicos del ser humano. Cuatro años después nos diría cómo esta brutalidad universal bebe del propio sadismo individual, transformándolo en idealismo impersonal y social.

Pero esta visión pesimista del ser humano no parece ser suficiente para su atenta mirada de diletante ilustrado que también está pendiente de las utopías sociales. Si durante muchos años su ideología racista lo llevó a revindicar el pasado glorioso y a celebrar la llegada al poder de los nazis en Alemania, las noticias posteriores de la represión judía en este país le hicieron replantearse esta postura. Sus ideas de unos pocos ilustrados que gobernarían la masa social

9

serían cada vez más compartidas con la necesidad de un individualismo pendiente de la modernidad. *Para un personaje como Lovecraft, tan inmerso durante muchos años en la pose del caballero privilegiado amante del pasado, su cambio ideológico también significaría un verdadero cambio de postura. Si antes defendía el republicanismo de rancio abolengo, en estos años se quejaría de la ignorante complacencia de las clases acomodadas y su inmovilismo frente al progreso. Llegaría, incluso, a ser partidario entusiasta del nuevo liberalismo moderno y conciliador de Roosevelt. Además, sus ideas sobre el nacionalsocialismo le irían acercando cada vez más hacia un socialismo utópico y a la necesidad de los valores comunistas para crear un orden social que desembocaría inevitablemente en el idealismo individual.*

La cercanía de su muerte parece orientarlo hacia el concepto de inmortalidad, basada exclusivamente en el desarrollo de los hechos del propio individuo como generador del cambio social. Sería como decir que si el ser humano es un accidente en el cosmos, al menos le quedaría la influencia de sus obras en las nuevas generaciones.

El mes de febrero de 1937 comienza a quejarse de ciertas dolencias que no le permiten continuar con sus escritos y correspondencia. Después de varias décadas como colaborador habitual de Weird Tales, *sus relatos son reeditados una y otra vez en esta revista y en otras publicaciones. Los últimos años han sido los mejores de su vida: viajes gratificantes, intensa dedicación profesional como escritor y estilista y una relación atenta con sus amigos —la última carta recopilada en las* Selected Letters *recoge dos cariñosos poemas dedicados a Clark Ashton Smith y Virgil Finlay—. Además, es testigo de su primer libro que recoge* La sombra sobre Innsmouth *y se anuncia la inclusión de* El modelo de Pickman *en una antología de relatos.*

El clérigo maligno (1933), que durante muchos años fue considerado como su último relato, es realmente un esbozo realizado a partir de un sueño tenido por el autor, donde manifiesta que en todos nosotros hay un alter ego *oscuro.*

La sombra más allá del tiempo *(1934-1935) es una de sus historias más impactantes y asombrosas. Este relato, que comenzó a gestarse en noviembre de 1930, pertenece a lo que hemos denominado ciclo del caos y el orden, junto a* Las montañas de la locura *—y tal vez* El túmulo*—, y nos narra la epopeya de la Gran Raza de Yith. Realmente, estaríamos ante un verdadero catálogo de los temas destacados del escritor, pero, además bebería con pasión de la pujante ciencia-ficción de la época. Los abismos de tiempo relatados en esta historia producen verdadera fascinación en el lector, y los conceptos sociales que Lovecrat maneja reactualizan toda su ideología sobre la utopía socialista y el pavor clarividente en torno al futuro cercano del exterminio nazi. La Gran Raza de Yith rinde culto a la consecución del conocimiento, y no duda en poseer mentes pasadas y futuras para sus objetivos, ni emigrar a nuevos cuerpos para que sus mentes y conocimientos sobrevivan al tiempo. Es auténticamente pavorosa la narración sobre el destino final de los habitantes originales de Yith, vampirizados por la Gran Raza, y colocados en un destino inevitable de genocidio. En este relato se plantearía el eterno debate en Lovecraft sobre la consecución del conocimiento como algo absoluto y la importancia del individuo. Es decir, el orden social, representado por la Gran Raza, también produciría pavor si aliena al ser humano.*

El que acecha en la oscuridad *(1935) es verdaderamente la última creación de Lovecraft, en cuanto a testimonio de sus temas predilectos. Asistimos a la encarnación de Nyarlathotep, el mensajero de los dioses innominados, enfrentado a un personaje que cultiva el arte fantástico —trasunto de Lovecraft y homenaje al joven escritor Robert Bloch—. El creador de* Psicosis *realizaría años después una continuación,* La sombra que huyó del chapitel, *dedicada a la memoria de H. P. L. Curiosamente, la residencia descrita en el relato está basada en la auténtica de Lovecraft, donde residía en aquellos años.*

En los muros de Eryx *(1936) es una historia menor, y Lovecraft solo participó en ella de forma somera como redactor de esti-*

lo literario. *Se trataría de un relato de ciencia-ficción de aventuras en la línea de la revista Astounding.*

Rodeado de sus queridos gatos y sus amigos, Lovecraft abandona la esfera mensurable de nuestro tiempo en 1937, añorando a sus colaboradores desaparecidos, como es el caso de Robert E. Howard, reivindicando la inmortalidad de sus obras para ser eregido, finalmente, por las nuevas generaciones como el primer fantasista.

ALBERTO SANTOS CASTILLO

El clérigo maligno*

FUE UN HOMBRE GRAVE y de aspecto inteligente, con ropas sobrias y barba gris, el que me mostró la habitación del ático y me habló de esta manera.

—Sí, él vivía aquí, pero le recomiendo que no toque nada. La curiosidad le hace a uno irresponsable. Nunca venimos de noche, y es tan solo porque así fue su voluntad por lo que mantenemos esto intacto. Ya sabe lo que hizo. Esa abominable asociación se hizo cargo de él y no sabemos dónde está enterrado. No hay forma de que la justicia o cualquier otro pueda tocar a la asociación.

»Espero que no se queda aquí después del ocaso. Y le suplico que no toque eso que está encima de la mesa, la cosa que parece una caja de cerillas. No sabemos lo que es, pero sospechamos que tiene algo que ver con lo que hizo. Incluso evitamos mirarla demasiado fijamente.

---

* Título original: *The Evil Clergyman* (octubre de 1933). Publicado por primera vez en la revista *Weird Tales* (abril de 1939). Este texto se trata de una acotación a un sueño que tuvo el autor en octubre de 1933, tal como fue narrado en una carta a Bernard Austin Dwyer. Esta versión se basa en la publicada en la mencionada revista.

Al cabo de un rato, el hombre me dejó solo en el ático. Estaba todo muy sórdido y sucio, y someramente amueblado, pero había un orden que demostraba que no era el refugio de un cualquiera. Había estantes llenos de libros de teología y clásicos, y otra librería con tratados de magia: Paracelso, Alberto Magno, Trithemius, Hermes Trismegisto, Borellus y otros, llenos de extraños alfabetos, cuyos títulos no fui capaz de descifrar. El mobiliario era sencillo. Había una puerta, pero daba a un aseo. El único acceso era la trampilla del suelo, a la que se llegaba por una escala tosca y empinada. La ventana era de ojo de buey y las vigas de roble negro delataban una increíble antigüedad. Claramente, la casa era de vieja factura. Yo parecía saber dónde estaba, aunque ahora no puedo recordar lo que entonces sabía. Desde luego, aquello no era Londres. Tengo la impresión de que se trataba de un pequeño pueblo costero.

El pequeño objeto sobre la mesa me fascinaba sobremanera. Yo parecía saber para qué servía, así que cogí una linterna —o algo parecido— de mi bolsillo y comprobé nerviosamente la luz. Esta no era blanca, sino violeta, y se parecía menos a una luz verdadera que a una emisión radiactiva. Recuerdo que no parecía una linterna normal... de hecho, yo tenía una común en el otro bolsillo.

Estaba oscureciendo, y los viejos tejados y chimeneas del exterior lucían muy extraños a través de los cristales del ojo de buey. Por último, me armé de valor y coloqué el pequeño objeto de la mesa sobre un libro, antes de lanzar los rayos de la peculiar luz violeta sobre él. La luz parecía ahora más como una lluvia o una granizada de pequeñas partículas violetas que un rayo continuo. Al alcanzar las partículas la cristalina superficie en el centro del extraño artefacto, parecieron producir un crepitar, como el chisporroteo de un tubo de vacío cuando pasan chispas a través de él. La oscura superficie cristalina mostró un brillo rosado, y una vaga forma blanca pareció tomar forma en su centro. Entonces me di cuenta de que no estaba solo en el cuarto y me guardé el proyector de rayos en el bolsillo.

Pero el recién llegado no habló, ni escuché sonidos de ninguna clase en los primeros momentos que siguieron. Todo era como un espectáculo de sombras chinescas, visto a una inmensa distancia y a través de una bruma interpuesta... aunque el recién llegado y todos cuantos aparecieron después eran grandes y cercanos, por otra parte, como si estuvieran a la vez próximos y lejanos, según las leyes de alguna geometría anormal.

El recién llegado era un hombre delgado y moreno, de mediana estatura, ataviado con el atuendo clerical de la Iglesia anglicana. Aparentaba unos treinta años y tenía facciones cetrinas y rasgos agradables, pero su frente era anormalmente alta. Su cabello negro estaba bien cortado y pulcramente peinado, e iba afeitado, aunque mostraba el mentón azulado por el asomo de barba. Portaba quevedos con arco de acero. Su porte y facciones eran como las de otros clérigos a los que yo había visto, pero tenía una frente inmensa, y era más oscuro y de aspecto más inteligente; y también tenía un aspecto, sutil y encubiertamente, maligno. En aquel momento, a la única y débil luz de una lámpara de petróleo, parecía nervioso y, antes de lo que tardé en darme cuenta, comenzó a arrojar sus libros de magia a una chimenea situada en la pared de la ventana (ahí donde el muro se inclinaba notablemente) y en la que yo no me había fijado con anterioridad. Las llamas devoraron codiciosamente los volúmenes... ardiendo con extraños colores y emitiendo olores indescriptiblemente odiosos, mientras las hojas cubiertas de extraños jeroglíficos y las agusanadas encuadernaciones sucumbían al devastador elemento. Luego me di cuenta de que había otros en el cuarto: hombres de aspecto severo, con ropas clericales, uno de los cuales llevaba la estola y las bombachas de obispo. Aunque no pude escuchar nada, pude comprobar que estaban comunicando una decisión, de inmensa importancia, al primero de los hombres. Parecían odiarlo y temerlo al mismo tiempo, y él parecía albergar los mismos sentimientos hacia ellos. Su rostro adoptó una expresión austera, pero pude ver cómo su mano se crispaba al tratar de asir el respaldo de la silla. El obispo apuntó a la librería vacía y a la chimenea (donde las llamas habían decaído entre una masa carbonizada e indistinguible) y pareció colmarse de una peculiar repugnancia. El primer hombre dejó escapar una sonrisa irónica y tendió la mano izquierda hacia el pequeño objeto de la mesa. El resto pareció entonces espantado. La procesión de los clérigos comenzó a descender por las empinadas escaleras, a través de la trampilla en el suelo, girándose hacia el otro y amenazándolo por gestos. El obispo fue el último en marcharse.

El primer hombre fue entonces a un armario, al fondo del cuarto, y sacó un rollo de soga. Subiéndose a una silla, ató un extremo de la cuerda a un gancho, en la viga vista central de roble negro, e hizo un lazo en el otro extremo. Al comprender que iba a ahorcarse, salté para tratar de disuadirlo o salvarlo. Me vio y se detuvo en sus preparativos, mirándome con un aire de *triunfo* que me desconcertó y turbó. Bajó lentamente de la silla y comenzó a acercárseme con una sonrisa claramente lobuna en su oscuro rostro de labios delgados.

De alguna manera, me sentí en peligro de muerte y eché mano al proyector de rayos como arma defensiva. No sé por qué pensaba que podía ayudarme. Lancé el rayo a su rostro y vi cómo las facciones morenas resplandecían, primero en luz violeta y luego rosada. Su expresión de gozo lobuno comenzó a trocarse en una de gran miedo, que, por cierto, no desplazó del todo a ese gozo. Se detuvo y, agitando con furia los brazos, comenzó a retroceder tambaleándose. Vi que se acer-

16

caba a la trampilla abierta en el suelo y traté de gritarle una advertencia, pero no me escuchó. Al momento siguiente cayó de espaldas por la abertura y desapareció de la vista.

Tuve dificultades para acercarme a la trampilla, pero cuando lo logré no vi ningún cuerpo yacente en el suelo de abajo. En vez de eso, resonaban pisadas de gente que acudía con lámparas, ya que el hechizo de fantasmal silencio se había roto y, de nuevo, oía y veía figuras normales y tridimensionales. Algo había, evidentemente, atraído a la gente al lugar. ¿Sería algún ruido que yo no había oído? Enseguida dos personas (simples aldeanos al parecer), los primeros del grupo, me vieron y se detuvieron paralizados. Uno de ellos lanzó un aullido alto y resonante.

—¡Ahhh!... ¿Has sido tú? ¿Otra vez?

Entonces todos se volvieron y huyeron frenéticos. Es decir, todos menos uno. Cuando la multitud se hubo ido, vi al hombre de la barba grave que me guiara hasta aquel lugar, parado a solas, con una lámpara. Estaba mirándome, boquiabierto y fascinado, pero no parecía albergar miedo alguno. Luego, subió las escaleras y se reunió conmigo en el ático. Dijo:

—¡Así que no pudo evitar tocarlo! Lo siento. Sé lo que ha sucedido. Ya ocurrió otra vez, pero aquel hombre sucumbió al miedo y se pegó un tiro. No debió hacerle usted regresar. Ya sabe qué es lo que busca. Pero usted no cederá al miedo, como hizo aquel otro hombre. Algo muy extraño y terrible le ha ocurrido, pero no ha ido tan lejos como para dañarle la mente o la personalidad. Si se mantiene firme y acepta la necesidad de hacer ciertos radicales reajustes en su vida, podrá mantenerse bien y disfrutar del mundo, así como de los frutos de su erudición. Pero no podrá vivir aquí... y no creo que desee regresar a Londres. Me permito sugerirle América.

»No debe tener más tratos con ese... ser. Nada puede ya enderezarse. Solo empeoraría las cosas para usted, y las haría de efectos más amplios. No ha salido tan malparado como debiera, pero debe apartarse de todo esto y alejarse. Dé gracias a Dios de no haber llegado más lejos...

»Estoy tratando de prepararlo lo más francamente posible. Ha habido ciertos cambios en... su apariencia personal. Él siempre provoca eso. Pero, tal cosa, no tendrá importancia para usted en un nuevo país. Hay un espejo en la otra esquina del cuarto y voy a llevarlo hasta él. Será un golpe para usted... aunque no va a ver nada repulsivo.

Yo, para entonces, era ya presa de un miedo mortal, y el hombre barbudo casi tuvo que sujetarme al llevarme, a través de la habitación, hasta el espejo, con la débil lámpara (esto es, la que antes estaba sobre la mesa, no la más débil con la que había venido) sujeta en su mano libre. Esto es lo que vi en el espejo.

Un hombre delgado y moreno, de mediana estatura, con los atavíos clericales de la Iglesia anglicana, de unos treinta años y con unos quevedos, de arco de acero, bajo una frente, cetrina y olivácea, de anormal altura.

Se trataba del silencioso primer hombre que había quemado sus libros.

¡Y, durante el resto de mi vida, en apariencia externa, yo iba a ser aquel hombre!

18

La sombra más allá del tiempo*

I

DESPUÉS DE VEINTIDÓS AÑOS de pesadilla y terror, mantenido solo por la desesperada convicción de que ciertas
impresiones que recibí proceden de mi imaginación, sigo
siendo reacio a garantizar la existencia de eso que creí encontrar en Australia occidental, en la noche del 17 al 18 de julio,
en 1935. Hay razones para esperar que mi experiencia fuera,
total o parcialmente, una alucinación; alucinación que, de
hecho, puede achacarse a no pocas causas. Y, sin embargo, su
realismo fue tan espantoso que, a veces, encuentro tal esperanza imposible.

Pero si aquello ocurrió, el hombre debe estar preparado
para aceptar nociones acerca del cosmos, y de su propio lugar
en el hirviente vórtice del tiempo, cuya simple mención llega

---

* Título original: *The Shadow Out of Time* (noviembre de 1934–marzo
de 1935). Publicado por primera vez en la revista *Astounding Stories* (junio
de 1936). Esta versión sigue el confuso manuscrito del autor y la copia
publicada en *Astounding*, anotada por el propio escritor, actualmente en la
Biblioteca John Hay de la Universidad de Brown.

a paralizar. Debe, asimismo, estar en guardia contra cierta amenaza acechante que, aunque nunca pondrá en peligro a toda la humanidad, puede desatar monstruosos e inimaginables horrores sobre ciertos miembros temerarios de la misma.

Por esta última razón insisto, con toda la fuerza de mi ser, en que se abandonen totalmente los intentos de desenterrar aquellos restos de sillería, desconocida y primordial, que mi expedición sacó a la luz.

Asumiendo que yo me encontrase cuerdo y despierto, mi experiencia de esa noche fue de una clase como ningún hombre tuvo antes. Fue, por otra parte, una espantosa confirmación de todo lo que había tratado de descartar como producto del mito y el sueño. No hay pruebas, misericordiosamente, ya que, presa del espanto, perdí ese objeto que encontré —si es que existía de veras y lo saqué de ese abismo maléfico— y que hubiera sido una prueba irrefutable.

Cuando me topé con el horror estaba solo y, hasta ahora, no se lo he contado a nadie. No pude impedir que los demás continuaran excavando, pero la suerte y las arenas movedizas impidieron que toparan con aquello. Ahora debo hacer alguna declaración concluyente... no solo por mi propio equilibrio mental, sino para poner en guardia a aquellos que lean esto con detenimiento.

Estas páginas —cuyas primeras partes, en su mayoría, resultarán familiares para los lectores asiduos de la prensa en general y de las publicaciones científicas— las escribo en el camarote del buque que me lleva de vuelta a casa. Se las entregaré a mi hijo, el profesor Wingate Peaslee, de la Universidad Miskatonic, el único miembro de mi familia que se mantuvo a mi lado después de mi extraña amnesia de hace años, y el hombre mejor informado sobre todos los entresijos de mi caso. De todos los seres vivientes, es él quien menos pondrá en solfa lo que voy a contar sobre aquella espantosa noche.

No le comenté nada, de palabra, antes de hacerme a la mar, ya que creo que lo mejor es que tenga la declaración escrita. Leyendo y releyendo, con tiempo por delante, obtendrá una imagen más convincente de lo que mi pobre oratoria puede esperar transmitirle.

Puede hacer lo que crea más conveniente con este informe, y mostrarlo, con los apropiados comentarios, en cualquier lugar que él piense pueda ser útil. Es por la seguridad de aquellos lectores que no estén familiarizados con las primeras fases de mi caso por lo que presento el prefacio a la revelación propiamente dicha, aportando un amplio sumario de todos los factores involucrados.

Me llamo Nathaniel Wingate Peaslee, y aquellos que recuerden los artículos en los periódicos de hace una generación —o las cartas y artículos en las revistas de psicología de hace seis o siete años— sabrán quién y qué soy. La prensa estuvo llena de detalles sobre mi extraña amnesia, entre 1908 y 1913, y se hizo eco de las tradiciones de horror, locura y brujería que acechan en la antigua ciudad de Massachusett, que es mi lugar de residencia. Sin embargo, no existe antecedente alguno, ni de locura ni de nada siniestro, en mis antepasados o en mis primeros años de vida. Eso es un hecho sumamente importante, en vista de la sombra que tan repentinamente cayó sobre mí, procedente de una fuente *exterior*.

Quizá siglos de oscura incubación han otorgado a la ruinosa y llena de leyendas Arkham una peculiar sensibilidad a la hora de ver tales sombras, pero aun eso me parece dudoso, en vista de los casos similares que luego estudié. Pero el eje del asunto es que mis antepasados e historial son completamente normales. Lo que llegó, provenía de *otro lugar*... de dónde, incluso ahora dudo a la hora de consignarlo por escrito.

Soy hijo de Jonathan y Hanna (Wingate) Peaslee, ambos de la gente rancia y saludable de Haverhill. Nací y crecí en

Haverhill —en el viejo hogar familiar de Boardman Street, cerca de Golden Hill— y no me trasladé a Arkham hasta que entré en la Universidad de Miskatonic como asesor de economía política, en 1895. Durante treinta años, mi vida transcurrió apacible y feliz. Me casé con Alice Keezar, de Haverhill, en 1896, y mis tres hijos, Robert, Wingate y Hanna, nacieron en 1898, 1900 y 1903, respectivamente. En 1898 me convertí en profesor asociado, y, en 1902, en profesor numerario. En esa época no tenía el menor interés en el ocultismo o en la psicología de lo anormal.

Fue el jueves 14 de mayo de 1908 cuando sufrí el extraño ataque de amnesia. Sucedió de manera súbita, aunque más tarde recordé que había tenido breves y centelleantes visiones en horas anteriores —caóticas visiones que me perturbaron sobremanera, porque no existían precedente— y que debieron ser síntomas previos. Me dolía la cabeza y tenía la peculiar sensación, también nueva para mí, de que algo estaba tratando de apoderarse de mis pensamientos.

El colapso tuvo lugar alrededor de las 10,20, mientras daba clase de Economía Política VI —historia y tendencias actuales de la economía— para estudiantes de primer y segundo curso. Comencé a ver extrañas formas y sentí como si estuviera en una grotesca habitación, distinta del aula.

Mis pensamientos y discurso comenzaron a divagar, y los estudiantes se percataron de que algo no iba nada bien. Luego caí inconsciente, en mi silla, en un estupor del que nadie logró sacarme. Pasarían cinco años, cuatro meses y trece días antes de que recuperase del todo mis facultades o pudiera ver de nuevo la luz diurna de nuestro mundo cotidiano.

Fue a través de terceros, claro está, como supe lo que ahora voy a contar. No mostré signo de consciencia alguno durante dieciséis horas y media, aunque me trasladaron a mi casa, en el 27 de Crane Street, y me prodigaron toda clase de atenciones médicas.

A las 3 de la madrugada del 15 de mayo abrí los ojos y comencé a hablar, aunque, enseguida, el médico y mis familiares quedaron totalmente espantados ante mis expresiones y forma de hablar. Quedó patente que no recordaba nada de mi identidad o mi pasado, aunque, por algún motivo, parecía ansioso de ocultar tal falta de conocimiento. Mis ojos miraban de forma extraña a la gente circundante y mis expresiones faciales no resultaban familiares en absoluto.

Aun mi forma de hablar era desmañada y ajena. Usaba mis órganos vocales de forma torpe y tentativa, y mi dicción tenía una cualidad curiosamente afectada, como si hubiera aprendido la lengua inglesa de los libros. La pronunciación era bárbaramente extraña, mientras que mi idioma parecía incluir tanto curiosos arcaísmos como expresiones por completo inteligibles.

De estas últimas, una en particular fue recordada poderosamente —incluso aterradoramente— por el más joven de los médicos, veinte años después. Ya que, en esa época, una frase así comenzó a utilizarse —primero en Inglaterra y luego en los Estados Unidos— y, pese a su gran complejidad e indiscutible novedad, reproducía hasta el último de los detalles las desconcertantes palabras del extraño paciente del Arkham de 1908.

Recobré las fuerzas, aunque necesité un extraño esfuerzo de reeducación en el uso de manos, piernas y sistema muscular en general. Debido a esto y a otras secuelas derivadas de la amnesia, fui sometido durante algún tiempo a estricta vigilancia médica.

Cuando me percaté de que no podía ocultar mis fallos de memoria, admití esto abiertamente y me convertí en un personaje ansioso de información de toda índole. De hecho, a los médicos les pareció que había perdido interés en mi propia persona, tan pronto como descubrí que la amnesia era aceptada de forma natural.

Se dieron cuenta que mis mayores esfuerzos se centraban en asimilar ciertos pormenores de historia, ciencia, arte, lenguaje y folclor —algunos tremendamente abstrusos y otros puerilmente simples— que estaban, en muchos casos de forma bien extraña, fuera de mi esfera de conocimiento.

Al mismo tiempo, se dieron cuenta de que poseía un inexplicable reservorio de varias y casi desconocidas formas de saber; un acervo que yo parecía tratar de ocultar, más que de exhibir. Podía mencionar, inadvertidamente, con certeza casual, sucesos específicos, propios de brumosas edades situadas fuera del ámbito de la historia reconocida... descartando a continuación tales referencias, como propias de una broma, cuando advertía la sorpresa provocada. Y tenía una forma de hablar del futuro que, en dos o tres ocasiones, provocaron verdadero espanto.

Esos desconcertantes destellos pronto cesaron, aunque algunos observadores mantenían que tal desvanecimiento se debía más a cierta precaución furtiva por mi parte que a una desaparición de la extraña sabiduría. De hecho, yo parecía anormalmente ávido de familiarizarme con el habla, costumbres y forma de ver las cosas de la edad en la que me hallaba, como si fuese un erudito viajero, procedente de una tierra lejana y extranjera.

Apenas me fue posible, me lancé a merodear, a todas horas, por la biblioteca universitaria, y pronto comencé a disponer extraños viajes, así como para cursos especiales en universidades americanas y europeas, lo que provocó muchos comentarios en los años siguientes.

No sufrí en esa época falta de contactos eruditos, ya que mi caso se convirtió en algo de lo más notorio entre los psicólogos de la época. Se me presentó como un típico ejemplo de doble personalidad, aunque parecía desconcertar a ciertos estudiosos, de vez en cuando, con determinado síntoma extravagante o algún extraño asomo de sorna cuidadosamente velada.

Sin embargo, encontré poco de la verdadera amistad. Algo en mi aspecto y habla parecían despertar vagos miedos y aversiones en todos los que se cruzaban conmigo, como si yo fuera un ser infinitamente alejado de todo lo que es normal y saludable. Esa idea del horror negro y oculto, conectado con insondables simas de *lejanía* de alguna especie fue algo extrañamente difundido y persistente.

Mi propia familia no fue ninguna excepción. Desde el momento de mi curioso despertar, mi esposa me contempló con inmenso horror y odio, jurando que yo era algo completamente ajeno, usurpador del cuerpo de su esposo. En 1910 obtuvo legalmente el divorcio, no consintiendo en verme ni siquiera tras mi vuelta a la normalidad, en 1913. Tales sentimientos fueron compartidos por mi hijo mayor y mi hija pequeña, a los que nunca he vuelto a ver.

Solo mi segundo hijo, Wingate, pareció capaz de sobreponerse al terror y la repulsión provocados por mi cambio. De hecho, él también sintió que yo era un extraño, pero con solo ocho años mantuvo la fe en que mi verdadero ser acabaría retornando. Cuando regresé, él acudió a mí y los tribunales me dieron su custodia. En los años siguientes me ayudó con los estudios hacia los que me volqué y, hoy en día, con treinta y cinco años, es profesor de psicología en la Miskatonic.

Pero no puedo asombrarme de haber despertado tanto horror... ya que, ciertamente, la mente, voz y expresiones faciales del ser que despertó el 15 de mayo de 1908 no eran los de Nathaniel Wingate Peaslee.

No trataré de relatar gran cosa de mi vida, en el lapso transcurrido desde 1908 a 1913, ya que los lectores pueden encontrar lo esencial —tal y como yo lo hice— en las hemerotecas de los periódicos y las revistas científicas.

Disponiendo de mis ahorros, los fui gastando con lentitud y sensatez en viajes y en estudios en diversos centros de sabiduría. Mis viajes, no obstante, eran de lo más singulares e incluían largas visitas a lugares remotos y desolados.

En 1909 pasé un mes en el Himalaya, y en 1911 desperté gran atención con un viaje en camello a los desconocidos desiertos de Arabia. Lo que ocurrió durante tales periplos es algo que nunca he sido capaz de averiguar.

En el verano de 1912 fleté un buque y viajé al Ártico, al norte de Spitzbergen, a la vuelta del cual mostré signos inequívocos de decepción.

Más tarde, ese mismo año, pasé meses solo, más allá de los límites alcanzados por exploraciones, previas o posteriores, en el inmenso sistema de cavernas calizas de Virginia occidental, en negros laberintos, tan intrincados que nadie pensó que fuera nunca a salir.

Mis estancias en las universidades estuvieron marcadas por una asimilación anormalmente rápida, como si la personalidad secundaria tuviera una inteligencia enormemente superior a la mía. He descubierto, asimismo, que mi capacidad de lectura y estudio en solitario era fenomenal. Podía aprender hasta el más mínimo detalle de un libro tan solo con echarle una ojeada rápida como el pasar de las hojas, y mi habilidad a la hora de interpretar figuras complejas en un instante era de verdad asombrosa.

A veces aparecían oscuros informes acerca de mi capacidad de influir en los pensamientos y actos ajenos, aunque yo parecía tener cuidado en minimizar las demostraciones de tal facultad.

Otros informes, igual de inquietantes, tocaban a mi relación con líderes de grupos ocultistas y eruditos sobre los que recaían sospechas de conexión con indescriptibles bandas de horrendos adoradores de mitos arcaicos. Tales rumores, aunque nunca llegaron a ser probados, se vieron sin duda avivados por la clase, bien conocida, de algunas de mis lecturas, como era la consulta de libros raros en bibliotecas; consultas que no podían mantenerse en secreto.

Hay pruebas tangibles —en forma de notas al margen— de que me enfrasqué a fondo en obras tales como el *Cultes des goules*, del Conde d'Erlette; el *De Vermis Mysteriis*, de Ludvig Prinn; el *Unaussprechlichen Kulten,* de Von Junzt; los fragmentos supervivientes del desconcertante *Libro de Eibon* y el temido *Necronomicón* del árabe loco Abdul Alhazred. Además, también es innegable que se desató, por la época de mi extraña mutación, una nueva y maligna oleada de actividad en cuanto a cultos secretos se refiere.

En el verano de 1913 comencé a mostrar signos de hastío y menguante interés, y a insinuar a varios asociados que pronto tendría lugar un cambio. Hablé de haber recobrado recuerdos de mi vida antigua, aunque la mayoría de los oyentes me juzgaron falsario, ya que todas las memorias que aporté fueron casuales, que bien podrían ser las conocidas a través de mis viejos papeles privados.

A mediados de agosto regresé a Arkham y reabrí mi casa de Crane Street, tanto tiempo cerrada. Allí instalé un artefacto de aspecto sumamente curioso, montado con piezas construidas por separado, por distintos fabricantes de aparatos científicos de Europa y América, y alejado cuidadosamente de la vista de cualquiera lo bastante inteligente como para analizarlo.

Aquellos que llegaron a verlo —un obrero, un criado y la nueva ama de llaves— lo describieron como una extraña mezcolanza de barras, ruedas y espejos, aunque solo tenía sesenta centímetros de alto, treinta de largo y otros tantos de ancho. El espejo central era circular y convexo. Eso, al menos, es lo que supe a través de aquellos fabricantes de piezas que pude localizar.

En la tarde del viernes 26 de septiembre di permiso al ama de llaves y a la doncella hasta el medio día del siguiente. Las luces estuvieron encendidas hasta tarde, y un personaje enjuto, moreno y de aspecto curiosamente extranjero acudió a visitarme en coche.

En torno a la 1 de la madrugada las luces estaban encendidas aún. A las 2,15, un policía se percató de que ya estaban apagadas, pero el coche del extranjero seguía aún aparcado. A las 4 el coche, desde luego, ya no estaba.

Como a las seis, una voz, dubitativa y extranjera, llamó por teléfono al doctor Wilson para enviarlo a mi casa a atenderme de un peculiar desvanecimiento. Esa llamada, de larga distancia, fue más tarde rastreada hasta una cabina pública en la North Station de Boston, pero nunca pudieron encontrar rastro alguno del delgado extranjero.

Cuando el doctor llegó a mi casa, me encontró inconsciente en la sala de estar, en un butacón, delante de una mesa. En el pulido tablero de esta última había rasguños que mostraban que hubo algún pesado objeto sobre ella. La extraña máquina había desaparecido y nadie oyó hablar nunca más de ella. Sin duda, el oscuro y enjuto extranjero se la había llevado consigo.

En el hogar de la biblioteca se encontraron abundantes cenizas, fruto evidente de la combustión de hasta el último trozo de papel en el que yo hubiera escrito algo desde el día que me asaltó la amnesia. El doctor Wilson constató que mi respiración era de lo más peculiar, pero tras una inyección hipodérmica, esta se hizo más regular.

A las 11,15 del 27 de septiembre me agité con fuerza y mi rostro, hasta entonces rígido como una máscara, comenzó a mostrar signos de expresión. El doctor Wilson remarcó el hecho de que la expresión no era la de mi personalidad secundaria, sino que se parecía mucho a la de mi ser normal.

Hacia las 11,30 musité algunas sílabas de lo más curiosas... ya que parecían ajenas a cualquier habla humana. Parecía, también, debatirme contra algo. Luego, justo pasado el mediodía —habiendo, entre tanto, regresado el ama de llaves y la doncella—, comencé a murmurar en inglés.

—... de entre los economistas ortodoxos de ese periodo, Jevons tipifica la tendencia predominante hacia la integración científica. Sus intentos de vincular el ciclo comercial de prosperidad y depresión con el ciclo físico de las manchas solares constituye quizá el vértice de...

Nathaniel Wingate Peaslee había regresado a casa, con un espíritu que estaba aún en esa mañana del jueves de 1908, con su clase de economía vuelta hacia el desvencijado pupitre del estrado.

II

Mi readaptación a la vida normal fue un proceso penoso y difícil. La pérdida de casi cuatro años creaba más complicaciones de lo que pueda imaginarse y, en mi caso, había incontables asuntos que ajustar.

Cuando supe lo que había estado haciendo desde 1908 me turbó y me dejó atónito, pero traté de afrontar todo aquel asunto tan filosóficamente como me fue posible. Al cabo, tras conseguir la custodia de mi segundo hijo, Wingate, me establecí con él en la casa de Crane Street y me apliqué a reanudar mi labor docente, ya que la Universidad me había ofrecido, amablemente, mi antigua plaza.

Comencé a trabajar en el curso de febrero de 1914, y así estuve un año. En ese tiempo comprendí cuán malparado me había dejado mi experiencia. Aunque del todo cuerdo —eso creo— y sin daños en mi personalidad original, no tenía la energía nerviosa suficiente. Vagos sueños e ideas extrañas me rondaban de contin·o y, cuando se desató la Primera Guerra Mundial, volví mi atención a la historia y me encontré pensando en periodos y sucesos, en la forma más extraña posible.

Mi concepción del *tiempo* —mi capacidad para distinguir entre lo consecutivo y lo simultáneo— parecía sutilmente desordenada, por lo que tenía la quimérica noción de vivir en una edad en concreto y de lanzar la mente a lo largo de la eternidad, buscando el conocimiento de las edades futuras y pasadas.

La guerra me produjo la extraña impresión de recordar sus consecuencias... como si supiera ya lo que iba a ocurrir y la contemplase a la luz de una información futura. Todas estas seudomemorias me venían con gran dolor y con la sensación de que me enfrentaba a algún tipo de barrera psicológica artificial.

Cuando dejé entrever a otros, con timidez, esas impresiones, me encontré con respuestas muy diversas. Algunas personas me contemplaban con desazón, pero la gente del departamento de matemáticas me habló de nuevos descubrimientos tocantes a la teoría de la relatividad —entonces discutida solo en círculos de iniciados—, que más tarde serían famosos. El doctor Albert Einstein, decían, estaba reduciendo con rapidez el tiempo a la categoría de una simple dimensión.

Pero los sueños y sentimientos turbadores aumentaban, por lo que tuve que renunciar, en 1915, a mi trabajo reglado. Algunas de las impresiones estaban tomando una forma apabullante, dejándome la persistente noción de que mi amnesia se había debido a algún tipo de cambio impío; que la personalidad secundaria había sido, de hecho, alguna fuerza intrusa, procedente de regiones desconocidas, y que mi propia personalidad se había visto desplazada.

De esa forma, me vi empujado a realizar vagas y espantosas especulaciones acerca del paradero de mi verdadero ser, durante los años en que otro se había albergado en mi cuerpo. El curioso conocimiento y la extraña conducta del inquilino de mi cuerpo me turbaban cada vez más, según iba conociendo detalles a través de personas, periódicos y revistas.

Esa ajenidad que había desconcertado a otros parecía armonizar de forma terrible con un entramado de negro conocimiento que supuraba en las simas de mi subconsciente. Comencé a buscar, febrilmente, cada retazo de información que pudiera arrojar luz sobre los estudios y viajes que ese otro había realizado durante los años a oscuras.

Pero no todos mis problemas eran de una índole tan abstracta como ese. Estaban los sueños, que parecían crecer en vividez y detalle. Sabiendo cómo podía la gente contemplar una cosa así, apenas se lo mencioné a nadie, fuera de mi hijo y algunos psicólogos de confianza; pero, al cabo, comencé un estudio científico de casos parecidos, para ver cuán típicas podían ser tales visiones entre las víctimas de amnesia.

Los resultados que obtuve, con la ayuda de psicólogos, historiadores, antropólogos y alienistas de gran experiencia, así como por un estudio que incluyó todos los informes acerca de personalidades dobles, desde los días de las leyendas de posesión demoniaca hasta nuestro presente de objetividad médica, al principio, más me molestaron que me consolaron.

Enseguida descubrí que, de hecho, mis sueños no tenían contrapartida en el abrumador acervo de casos de amnesia real. Algo había, no obstante, en algunos informes que, durante años, me desconcertaron y estremecieron, dados los paralelismos que mostraban con mi propia experiencia. Algunos de ellos eran retazos de antiguo folclor, otros eran casos datados en los anales de la medicina, y uno o dos eran anécdotas oscuramente insinuadas en historias normales.

Quedó claro que, aunque mi particular tipo de dolencia era algo sumamente raro, habían tenido lugar casos parecidos a largos intervalos, desde que el hombre guardaba memoria escrita. En algunos siglos parecían haberse dado uno, dos o tres casos, en otros ninguno... o, al menos, ninguno que hubiera quedado registrado.

En esencia, era siempre lo mismo... una persona de intelecto que se veía atacada por una extraña vida secundaria y llevaba, durante un periodo más o menos dilatado, una existencia completamente extraña, marcada siempre, al principio, por torpeza vocal y corporal, y, más tarde, por la voraz adquisición de conocimiento científico, histórico, artístico y antropológico; una adquisición hecha con un brío febril y un poder de concentración totalmente anormal. Luego se producía un súbito regreso a la consciencia normal, puntuada intermitente luego con vagos sueños, difíciles de emplazar, que sugerían fragmentos de alguna odiosa memoria cuidadosamente extirpada.

Y el gran parecido de aquellas pesadillas con las mías propias —incluso en los menores particulares— no me dejaba duda sobre su típica y significativa naturaleza. Uno o dos de los casos tenían el añadido de una débil y blasfema familiaridad, como si yo conociera acerca de ellos a través de algún medio cósmico, demasiado maléfico y espantoso como para ser concebido. En tres de los casos había menciones específicas a una máquina desconocida, igual a la que estuvo en mi casa antes del segundo cambio.

Otra cosa que me preocupó durante mi investigación era la relativamente mayor frecuencia en que, personas que no habían sufrido de la amnesia propiamente dicha, tenían una somera y elusiva visión de la pesadilla típica.

Tales personas eran, claramente, gente de mente mediocre o escasa, algunas de ellas tan primitivas que apenas podían concebirse como vehículos para una erudición anormal o una preternatural capacidad mental. Durante un segundo pudieron albergar una fuerza alienígena, y luego se produjo un retroceso, y un débil recuerdo, que se esfumaba con rapidez, de horrores inhumanos.

Había habido al menos tres casos durante el último medio siglo, uno de ellos ocurrido hacía solo quince años. ¿Acaso había algo que tanteaba ciegamente a través del tiempo, procedente de algún insospechado abismo de la naturaleza? ¿Eran esos casos menores a monstruosos y siniestros experimentos de una clase y autoría que no se podían concebir desde la cordura?

Tales eran algunas de las desbocadas especulaciones en las que me entregaba en mis horas más bajas, alimentadas por los mitos que mis estudios iban exhumando. Dado que yo no podía dudar que ciertas y persistentes leyenda de inmemorial antigüedad, aparentemente desconocidas para las víctimas y los médicos que habían tenido relación con los recientes casos de amnesia, eran un estremecedor y espantoso producto de lapsos de memoria como el mío.

Yo aún casi temía especular sobre la naturaleza de los sueños e impresiones que me asaltaban cada vez más clamorosamente. Parecían ser parientes de la locura y, de hecho, a veces creía estar enloqueciendo. ¿Acaso era ese un tipo especial de alucinación, propio de aquellos que habían sufrido fallos de memoria? Era concebible que los esfuerzos de la mente subconsciente, para colmar un inexplicable vacío con seudomemorias, pudieran provocar extraños espejismos de la imaginación.

Tal idea —aunque yo encontraba más plausible una teoría acerca de folclor alternativo— era sostenida por la mayoría de los alienistas que me ayudaron en la investigación en busca de casos paralelos, alienistas que compartieron mi desconcierto ante los recuerdos iguales que a veces encontramos.

No consideraban esas condiciones como verdadera locura, sino que las catalogaban entre los desórdenes neuróticos. Mi empeño para tratar de rastrearlas y analizarlas, en vez de buscar, en vano, aminorarlas u olvidarlas, lo aplaudían calurosamente como algo correcto, acorde con los mejores principios psicológicos. Agradecí especialmente el concurso de aquellos médicos que me habían estudiado durante el tiempo en que fui poseído por otra personalidad.

La primera perturbación sufrida no fue del todo visual, sino tocante a esas materias, más abstractas, que he mencionado. Había también un sentimiento de horror, hondo e inexplicable, que tenía que ver conmigo mismo. Desarrollé un extraño miedo a ver mi propia forma, como si mis ojos pudieran encontrarse con algo del todo ajeno e inconcebiblemente horrendo.

Cuando me miraba y veía la familiar forma humana en vulgares atuendos grises o azules, sentía siempre un curioso alivio, aunque, para conseguir tal cosa, tenía que vencer un miedo infinito. Rehuía los espejos tanto como me era posible, y siempre me afeitaba el barbero.

Pasó mucho tiempo antes de que relacionase cualquiera de esos sentimientos desagradables con las fugaces impresiones visuales que comencé a sufrir. La primera de tales relaciones tuvo que ver con la extraña sensación de una censura, externa y artificial, de mi memoria.

Sentía que las súbitas visiones que experimentaba tenían algún significado terrible y profundo, y una espantosa conexión conmigo mismo, pero que alguna influencia decidida me impedía captar ese significado y esa conexión. Luego vino esa extrañeza acerca de la naturaleza del tiempo y, con ella, el desesperado esfuerzo para ubicar las fragmentarias visiones oníricas en la trama cronológica y espacial.

Las propias visiones eran, en un principio, tan solo extrañas, más que horribles. Parecían desarrollarse en una enorme estancia abovedada cuyos altos contrafuertes de piedra se alzaban hacia las sombras, más allá de la vista. Cualquiera que fuera el tiempo o el lugar en que pudiera desarrollarse la esce-

34

na, los principios del arco eran tan conocidos y empleados como en época de los romanos.

Había colosales ventanas circulares, y puertas altas y arqueadas, y pedestales o mesas tan altas como una estancia ordinaria. Inmensas baldas de madera oscura se alineaban a lo largo de los muros, albergando lo que parecían ser volúmenes de inmenso tamaño, con extraños jeroglíficos en el lomo.

La sillería vista mostraba curiosas tallas, siempre en forma de curvilíneos diseños matemáticos, y había inscripciones cinceladas con los mismos caracteres que aparecían en los inmensos tomos. La oscura sillería de granito era de un monstruoso tipo megalítico, con su parte superior, convexa, encajando en la base cóncava de los bloques que descansaban encima de él.

No había sillas, pero los inmensos pedestales estaban cubiertos de libros, papeles y lo que parecía ser material de escribir: tarros de metal purpúreo y extraño aspecto, y barras con puntas manchadas. Altos como eran los pedestales, a veces tenía la sensación de estar mirándolos desde arriba. En algunos de ellos había grandes globos de cristal que hacían las veces de lámparas, e inexplicables máquinas formadas por tubos vítreos y barras de metal.

Las ventanas estaban acristaladas y cubiertas con barras de sólido aspecto. Aunque no me atreví a acercarme y echar una ojeada, pude ver, desde donde me hallaba, las ondulantes copas de una curiosa vegetación de aspecto parecido al de los helechos. El suelo estaba formado por masivas losas octogonales, al tiempo que las alfombras y colgaduras faltaban por completo.

Más tarde tuve visiones de deslizarme a través de ciclópeos corredores de piedra, subiendo y bajando por gigantescos planos inclinados, construidos en la misma albañilería monstruosa. No había ninguna clase de escaleras, ni ningún pasadizo que tuviera menos de 10 metros de anchura. Algunas de las estructuras a través de las que pasaba debían remontarse hacia el cielo cientos de metros.

Había multitud de niveles, de negras criptas, debajo, y trampillas siempre cerradas, selladas con bandas de metal, que transmitían la sugerencia de un peligro especial.

Tenía la sensación de ser un prisionero, y el horror pendía acechante sobre todo cuanto vi. Sentí que los burlones jeroglíficos curvilíneos de los muros podían haberme abrasado el alma con su mensaje de no mediar la protección de una misericordiosa ignorancia.

Incluso después, mis sueños incluyeron visiones desde la gran ventana redonda y desde el titánico suelo aplanado, con sus curiosos jardines, ancha área despejada y parapetos festoneados de piedra, al final de los planos inclinados.

Había extensiones casi interminables de edificios gigantescos, cada uno con su jardín y dispuestos a lo largo de pavimentadas carreteras que tendrían sus buenos 60 metros de ancho. Diferían enormemente en aspecto, pero pocos tenían menos de 150 metros cuadrados de planta o 30 de alto. Algunos parecían tan ilimitados que su fachada debía medir varios cientos de metros, mientras que otros se remontaban a increíbles alturas, hacia los cielos grises y vaporosos.

Parecían ser, sobre todo, de piedra o cemento, y muchos de ellos mostraban los extraños tipos de sillería curvilínea del edificio en que me alojaba. Los tejados eran planos, ajardinados, y solían tener parapetos festoneados. A veces había terrazas y niveles más altos, y anchos y despejados espacios en mitad de los jardines. Las grandes carreteras parecían implicar tráfico, pero, en las primeras de mis visiones, no pude concretar tal impresión en detalle.

En ciertos lugares advertí enormes torres oscuras y cilíndricas que se alzaban a gran altitud sobre el resto de estructuras. Parecían ser de una naturaleza única por completo y mostraban signos de prodigiosa edad y deterioro. Estaban construidas con un extraño tipo de sillería basáltica cuadrangular, y se ahusaba hacia la cima, que era redondeada. No mostraban por ningún lado traza alguna de ventana o abertura alguna, fuera de unas puertas inmensas. Me percaté también de algunos edificios bajos —todos castigados por la erosión de eones— que recordaban, en su tipo arquitectónico, a esas torres oscuras y cilíndricas. En torno a esas aberrantes masas de sillería cuadrangular pendía una inexplicable aura de amenaza y miedo concentrado, como el que causaban aquellas trampillas selladas.

Los omnipresentes jardines resultaban casi aterradores por lo extraño, con formas de vegetación extravagantes y nada familiares agitándose sobre anchos caminos flanqueados por monolitos de curiosas tallas. Había, sobre todo, anómala vegetación del tipo helecho, unas veces verde y otras de una palidez fungosa y atroz.

Entre ellos se alzaban cosas espectrales que recordaban a las calamitas, con troncos parecidos al bambú remontándose a alturas fabulosas. Además, había formas copetudas, como cícadas prodigiosas, grotescos arbustos verde-oscuro y árboles de aspecto conífero.

Las flores eran pequeñas, incoloras e irreconocibles, brotando en geométricos arriates dispuestos a lo largo de los jardines.

En unas pocas terrazas y jardines elevados había mayores y más vívidas flores, de formas casi ofensivas que sugerían un cultivo artificial. Hongos de tamaño, perfiles y colores inconcebibles punteaban la escena, delatando la existencia de alguna desconocida, aunque añeja, tradición hortícola. En los jardines del suelo, más grandes, parecía haber alguna intención de conservar las irregularidades de la naturaleza, pero en las pérgolas eran más selectivos y había más evidencias de que se practicaba el arte de la poda selectiva.

Los cielos estaban siempre húmedos y nubosos, y a veces creí presenciar lluvias tremendas. Una vez, empero, tuve atisbos del sol —que brillaba anormalmente grande— y de la luna, cuyas marcas tenían una especie de diferencia que no sabría precisar. Cuando, muy raramente, se abría el cielo nocturno, contemplaba constelaciones que casi me resultaban irreconocibles. Las formas conocidas eran a veces aproximadas, pero raramente iguales, y de la posición de las pocas agrupaciones reconocibles deduje que debía hallarme en el Hemisferio Sur terrestre, cerca del Trópico de Capricornio.

El horizonte era siempre vaporoso y oscuro, pero pude ver grandes junglas de desconocidos helechos, calamitas, lepidodendros y sigilarias fuera de la ciudad, con sus fantásticos follajes agitándose de forma inquietante entre los arremolinados vapores. Aquí y allá había sugerencias de movimientos en los cielos, pero no pude concretar nada en mis primeras visiones.

En el otoño de 1914 comencé a tener infrecuentes sueños, durante los cuales flotaba sobre la ciudad y regiones circundantes. Vi interminables carreteras a través de bosques de espantosa vegetación, formada por troncos moteados, acanalados y listados, y pasé sobre ciudades tan extrañas como la que siempre rondaba mis sueños.

Vi monstruosas construcciones de piedra negra e iridiscente, en claros y calveros en los que reinaba un perpetuo crepúsculo, y atravesé largas calzadas, sobre pantanos tan oscuros que poco puedo decir de su húmeda y gigantesca vegetación.

Una vez vi una zona de incontables kilómetros cubierta de ruinas basálticas castigadas por la edad, de una arquitectura que era como la de aquellas torres sin ventanas y de cima redonda de la ciudad de mis sueños.

Y una vez contemplé el mar, una extensión humeante e infinita, más allá de los colosales muelles de piedra de una enorme ciudad de cúpulas y arcos. Tuve atisbos de grandes sombras informes que se movían bajo él y, aquí y allá, su superficie se veía agitada por ebulliciones anormales.

III

Tal como he dicho, esas extrañas visiones comenzaron a asumir un aspecto aterrador de modo inmediato. Desde luego, muchas personas han soñado también cosas intrínsecamente extrañas... sueños formados por inconexos retazos de la vida, imágenes y lecturas diarias, amalgamadas en formas fantásticamente novelescas por los inescrutables caprichos del sueño. Durante algún tiempo acepté aquellas visiones como algo natural, aun teniendo en cuenta que nunca antes había sido soñador de extravagancias. Supuse que muchas de las vagas anormalidades eran fruto de fuentes triviales, demasiado numerosas como para poder rastrearlas, mientras que otras parecían reflejar un conocimiento académico, de lo más común, sobre las plantas y las condiciones del mundo primitivo, hace 150 millones de años; el mundo de las edades Pérmica o Triásica.

Con el paso de algunos meses, empero, los elementos de terror fueron cuajando con fuerza creciente. Eso fue cuando los sueños comenzaron a tomar, más allá de cualquier duda, el aspecto de recuerdos; y cuando mi mente comenzó a ligarlos con la creciente perturbación abstracta, el sentimiento de censura mnemónica, las curiosas impresiones tocantes al tiempo y la sensación de haber sufrido un espantoso trueque de personalidades, entre 1908 y 1913, y, considerablemente después, con el inexplicable horror a mi propia persona.

Cuando ciertos detalles concretos comenzaron a entrar en mis sueños, el horror de estos se incrementó sobremanera;

39

hasta que, en octubre de 1915, sentí que debía hacer algo. Fue entonces cuando comencé un intensivo estudio de otros casos de amnesia y visiones, sintiendo que debía así objetivizar mi problema y sacudirme su yugo emocional.

Sin embargo, como ya antes he dicho, el resultado, al principio, fue casi exactamente el opuesto. Me perturbaba sobremanera toparme con que mis sueños habían sido tan exactamente iguales a los demás, sobre todo porque algunos de los informes eran demasiado antiguos como para admitir cualquier conocimiento geológico —y, por tanto, cualquier idea de cómo eran los paisajes primitivos— por parte del sujeto.

Y lo que es más, muchos de esos informes suministraron detalles y explicaciones sumamente horribles, tocantes a las imágenes de grandes edificios y jardines selváticos... y otras cosas. Las visiones y vagas impresiones eran bastante malas de por sí, pero lo que algunos otros soñadores insinuaban o afirmaban rezumaba a locura y blasfemia. Lo peor de todo es que mi propia seudomemoria se lanzó a sueños más enloquecidos y a atisbos de futuras revelaciones. Y, sin embargo, la mayoría de los médicos consideraba mis investigaciones como algo de lo más saludable.

Estudié, de forma sistemática, psicología y, bajo tales condiciones, mi hijo Wingate hizo lo mismo, algo que le llevaría, eventualmente, a su presente labor de docencia. En 1917 y 1918 realicé cursos especiales en la Miskatonic. Entre tanto, mi investigación en archivos médicos, históricos y antropológicos proseguía sin pausa, lo que me llevó a visitas a lejanas bibliotecas y, por último, a la lectura de esos odiosos libros, llenos de prohibido saber primigenio, en los que mi personalidad secundaria había estado tan inquietantemente interesada.

Algunos de estos últimos eran las mismas copias que había consultado en mi estado alterado y me vi turbado sobremanera por ciertas notas marginales, así como por *correcciones* ostensibles al odioso texto en unos grafos e idioma que, de alguna forma, parecían extrañamente inhumanos.

Tales anotaciones estaban en su mayor parte hechas en los lenguajes respectivos de los distintos libros, todos los cuales el escritor parecía conocer por igual, aunque fuera de forma académica. Una de las notas hechas al *Unaussprechlichen Kulten* de Von Juntz era, sin embargo, de lo más alarmante. Consistía en ciertos jeroglíficos curvilíneos, trazados con la misma tinta que las correcciones en alemán, pero no pertenecían a ningún alfabeto humano conocido. Y esos jeroglíficos estaban clara e inconfundiblemente emparentados con los caracteres que una y otra vez aparecían en mis sueños... caracteres cuyo significado, a veces, imaginaba momentáneamente conocer, o estar casi a punto de recordar.

Para completar mi negra confusión, muchos bibliotecarios me aseguraban que, en vista de los exámenes realizados y las consultas a los registros de lectura de los volúmenes en cuestión, todas esas acotaciones tenían que haber sido hechas por mí mismo en mi estado de personalidad secundario. Eso a pesar de que yo era, y soy, totalmente ignorante de tres de los lenguajes en cuestión.

Reuniendo los informes dispersos, antiguos y modernos, antropológicos y médicos, descubrí una débil pero consistente mezcla de mito y alucinación, cuya amplitud y extraña cualidad me dejaban desconcertado por completo. Solo algo me consolaba, y eso era el hecho de que los mitos apareciesen en fechas tan tempranas. No podía imaginar qué perdido conocimiento podía haber provocado imágenes de paisajes paleozoicos o mesozoicos en esas fabulaciones primitivas; pero la evidencia estaba ahí. Así pues, existía una base para la formación de cierto tipo de fábulas.

Los casos de amnesia crearon sin duda, a grandes rasgos, el telón de fondo mítico, pero luego los imaginativos añadidos de los mitos debieron actuar sobre los pacientes de amnesia y dar color a sus seudomemorias. Yo mismo había leído y escuchado todos los antiguos cuentos durante mi lapso de memoria, como quedaba de sobra probado por mi investigación. ¿No resultaba natural, entonces, que mis subsecuentes sueños e investigaciones emocionales se matizaran y moldearan por todo aquello que mi memoria había atesorado durante mi estado secundario?

Algunos de los mitos tenían significativas conexiones con otras nebulosas leyendas tocantes a mundos pre-humanos, especialmente aquellas leyendas hindúes que tenían que ver con tremendas simas de tiempo y que formaban parte del acervo de los modernos teósofos.

Mitos primitivos y fantasías modernas coincidían en la idea de que la humanidad es solo una —quizá la última— de una multitud de razas altamente evolucionadas y dominantes, en la larga y prácticamente desconocida historia del planeta. Seres de formas inconcebibles, decían, habían levantado sus torres hacia el cielo y removido los secretos de la naturaleza antes de que el primer antepasado anfibio del hombre saliera reptando de los mares cálidos hace 300 millones de años.

Unos habían bajado de las estrellas, y algunos eran tan viejos como el propio cosmos; otros habían salido directamente de los microorganismos terrestres, tan distantes en el tiempo del primer germen de nuestro propio ciclo vital como nosotros lo estábamos de estos. Se hablaba con ligereza de intervalos de millones de años y de vínculos a otras galaxias y universos. De hecho, no existía el tiempo tal y como lo concebimos los humanos.

Pero la mayoría de las leyendas e ideas tenían relación con una raza relativamente tardía, de formas extrañas e intrincadas que no recordaban a ninguna forma de vida conocida por la ciencia, que había vivido hasta solo 50 millones de años antes de la aparición del hombre. Esta, según se decía, era la mayor raza de todas, porque solo ella había conquistado el secreto del tiempo.

Habían aprendido todo lo que se había conocido o que nunca será conocido en la Tierra, a través de la capacidad de sus mentes poderosas, para proyectarse hacia el pasado y el futuro, incluso salvando abismos de millones de años, y estudiar el saber de todas las edades. De los logros de tal raza nacieron todas las leyendas acerca de profetas, incluyendo las de la mitología humana.

En sus inmensas bibliotecas había volúmenes llenos de textos e imágenes que contenían la totalidad de los anales terrestres —historia y descripción de cada especie que haya existido o existirá jamás, con completos informes acerca de sus artes, logros, lenguaje y psicología.

Con su inmemorial saber, la Gran Raza elegía, de cada era y forma de vida, aquellos pensamientos, artes y procesos que mejor pudieran convenir a su propia naturaleza y circunstancias. El conocimiento del pasado, conseguido a través de una clase de mente ajena a los sentidos normales, era más difícil de lograr que el saber del futuro.

En este último caso, el método era más fácil y natural. Con la apropiada ayuda mecánica, una mente podía proyectarse hacia delante en el tiempo, buscando su brumoso camino extrasensorial hasta llegar al periodo deseado. Entonces, tras unas pruebas preliminares, podía elegir el mejor de los representantes posibles, de la forma de vida más evolucionada de ese periodo. Podía invadir el cerebro del organismo y sustituirlo por sus propias vibraciones, en tanto que la mente desplazada se veía arrastrada hasta el periodo del invasor, permaneciendo en el cuerpo de este último hasta que se produjese el proceso contrario.

La mente, proyectada en el cuerpo del organismo del futuro, podía enton es hacerse pasar por un miembro de la raza cuya forma externa usaba, aprendiendo lo más rápidamente posible todo el conocimiento disponible de la edad elegida y de los datos y técnicas que habían acumulado.

Mientras tanto, la mente desplazada, arrastrada a la edad y el cuerpo del invasor, debía ser cuidadosamente preservada. Había que impedir que dañase el cuerpo que ocupaba, al tiempo que, interrogadores avezados, le sacaban todo su conocimiento. A menudo era posible interrogarle en su propio lenguaje, cuando las investigaciones en el futuro habían dado ya registros de tal idioma.

Si la mente procedía de un cuerpo cuyo lenguaje la Gran Raza no podía reproducir físicamente, se hacía mediante máquinas inteligentes, en las que el habla del extraño podía ser ejecutada como un instrumento musical.

Los miembros de la Gran Raza eran inmensos conos rugosos, de más de tres metros de alto, con cabeza y otros órganos unidos a miembros extensibles, de unos treinta centímetros de grueso, que brotaban del vértice. Hablaban mediante el resonar y rasguñar de inmensas zarpas o garras, que nacían al extremo de dos de sus cuatro extremidades, y se desplazaban mediante la expansión y la contracción de un viscoso pellejo situado en la inmensa base de tres metros.

Una vez desvanecidos el estupor y el resentimiento del cautivo —asumiendo que llegaba de un cuerpo completamente distinto de los de la Gran Raza—, y cuando ya había perdido el horror a esa forma temporal y por completo ajena, se le permitía estudiar su propio medio y experimentar un prodigio y una sabiduría similares a las poseídas por aquel que le había desplazado.

Con las adecuadas precauciones, y a cambio de ciertos servicios, se le permitía viajar por todo el mundo habitado, mediante titánicas naves aéreas y en los inmensos vehículos, similares a botes, movidos por energía atómica, que atravesaban las grandes carreteras, así como indagar libremente en las bibliotecas, repletas de los archivos del pasado y del futuro del planeta.

Tal cosa reconciliaba a muchas mentes activas con su destino, ya que tales estudios, y la posibilidad de desvelar los secretos ocultos de la Tierra —capítulos cerrados de inconcebible pasado y vertiginosos vórtices de tiempo futuro, incluyendo los años posteriores a su propia edad natural—, constituían siempre, pese a los abismales horrores que a menudo quedaban al descubierto, la suprema experiencia de la vida.

De vez en cuando se permitía a ciertos cautivos reunirse con otras mentes capturadas del futuro, para intercambiar pensamientos con seres inteligentes que provenían de cien, mil o un millón de años antes o después de su edad. Y se les instaba a escribir pródigamente, en sus propios idiomas, acerca de sí mismos y de sus respectivos periodos, y tales documentos se guardaban también en los grandes archivos centrales.

Hay que añadir que existía un tipo especial de cautivos con privilegios mucho mayores que los del resto. Esos eran los agonizantes exiliados *permanentes*, cuyos cuerpos del futuro habían sido hurtados por los más sabios miembros de la Gran Raza que, a la hora de la muerte, trataban de salvarse de la extinción mental.

Esos melancólicos exiliados no eran tan abundantes como cabría esperar, ya que la longevidad de la Gran Raza aminoraba su amor a la vida, sobre todo entre aquellos de mentes privilegiadas capaces de proyectarse. De esos casos de proyección permanente, realizados por las mentes más viejas, nacían muchos de esos cambios totales de personalidad consignados en la historia, incluyendo la de la humanidad.

En lo tocante a los casos ordinarios de exploración, cuando la mente que desplazaba había aprendido cuanto deseaba del futuro, construía un aparato como el que había provocado su transición y revertía el proceso de proyección. Una vez más, se hallaba en su propio cuerpo y edad, mientras que la mente cautiva volvía al cuerpo del futuro que, en verdad, era el suyo propio.

Solo cuando alguno de los cuerpos moría, en el lapso del cambio, se hacía imposible tal retorno. En tales casos, por supuesto, la mente exploradora —al igual que los que habían huido de la muerte— tenía que vivir en el armazón corporal ajeno del futuro, o la mente cautiva —como sucedía con los moribundos exiliados permanentes— tenía que acabar sus días en la forma corporal y la edad pretérita propias de la Gran Raza.

Este destino era menos horrible cuando la mente cautiva pertenecía también a la Gran Raza... algo nada inusual, ya que la raza estaba sumamente interesada en su propio futuro, de cualquier periodo que fuese. El número de moribundos exiliados permanentes pertenecientes a la Gran Raza era muy pequeño, sobre todo debido a las tremendas penalidades que implicaba el desplazamiento de una mente perteneciente a la Gran Raza del futuro hasta la del moribundo.

Mediante proyección, era posible infligir unos castigos así a las mentes ladronas, en sus nuevos cuerpos futuros, y se habían dado casos en que se había obligado a un cambio para arreglar la situación.

Se habían detectado y corregido cuidadosamente algunos casos complicados de fuga de mentes de exploradores, o de mentes ya cautivas, a diversas regiones del pasado. En cada edad, desde el descubrimiento de la proyección mental, existía un minúsculo pero muy reconocido grupo de población, formado por mentes de la Gran Raza llegadas del pasado, de visita por un periodo más o menos largo.

Cuando una mente cautiva, de una raza ajena, era devuelta a su propio cuerpo del futuro, mediante una intrincada hipnosis mecánica, se le purgaba de todo cuanto había aprendido sobre la era de la Gran Raza, cosa que se hacía debido a ciertas y problemáticas consecuencias, inherentes al trasiego de grandes cantidades de saber.

Los casos puntuales de transmisión, en tal sentido, habían causado, y causarían en tiempos futuros conocidos, grandes desastres. Fue, sobre todo, debido a dos casos de tal naturaleza —al decir de los viejos mitos— como la humanidad había aprendido todo cuanto tenía que ver con la Gran Raza.

Todo cuanto sobrevivía, física y directamente, de esos mundos situados a eones de distancia, era tan solo algunas ruinas de grandes piedras, en lejanos lugares y bajo el mar, así como porciones de textos de los espantosos Manuscritos Pnakóticos.

Así pues, las mentes devueltas regresaban a su propia edad con tan solo débiles y fragmentarias visiones de lo que les había ocurrido durante su secuestro. Se erradicaban cuantas memorias eran necesarias, de forma que, en la mayor parte de los casos, tan solo un muro negro de sueño cubría el lapso que iba hasta el momento del primer cambio. Algunas mentes recordaban más que otras, y la posibilidad de unir tales recuerdos daba en algunos pocos casos atisbos de ese pasado prohibido a las edades futuras.

Probablemente, nunca hubo una época en la que no hubiera grupos o cultos organizados alrededor de tales retazos. En el *Necronomicón* se sugería la presencia de cultos así entre los humanos... cultos que a veces prestaban ayuda a las mentes llegadas a través de los eones desde la época de la Gran Raza.

Y, por otra parte, la propia Gran Raza vivía eternamente y se volcaba en la tarea de intercambiarse con mentes de otros planetas, para explorar sus pasados y sus futuros. Buscaba también sondear el pasado y origen de ese orbe situado en un punto lejano del espacio, negro y muerto hacía eones, del que provenía su propia herencia mental, ya que la mente de la Gran Raza era más vieja que la de su forma corporal.

Los seres de un moribundo mundo arcaico, sabios de secretos definitivos, habían buscado un nuevo mundo y nuevas especies gracias a las que vivir para siempre, y habían lanzado en masa sus mentes hacia esa raza futura, mejor adaptada a su planeta natal que ellos... los seres con forma de cono que poblaron nuestra Tierra hace un millón de años.

Así se forjó la Gran Raza, mientras que la multitud de mentes enviadas al pasado fueron abandonadas a la muerte y el horror de formas extrañas. Más tarde, la raza volvería a afrontar la muerte, solo para sobrevivir a través de una nueva migración al futuro, enviando sus mejores intelectos a los cuerpos de otros seres del futuro más longevos.

Tal era el trasfondo de leyendas y alucinaciones entrelazadas. Cuando, alrededor de 1920, pude dar forma coherente a mis investigaciones, sentí que menguaba algo esa tensión que los primeros estadios del estudio habían hecho subir. Después de todo, y a pesar de las fantasías provocadas por ciegas emociones, ¿no era casi todo aquel fenómeno sufrido completamente explicable? Cualquier oportunidad podía haber hecho volverse mi mente, durante la amnesia, hacia los estudios ocultos... llevándome a leer los textos prohibidos y a reunirme con los miembros de cultos antiguos y malfamados. Aquello debió ser, con claridad, lo que suministró el material de los sueños y los sentimientos perturbadores que me asaltaron tras recobrar la memoria.

En cuanto a las notas marginales, escritas en jeroglíficos como los de los sueños y en idiomas desconocidos para mí, que los bibliotecarios me atribuían, yo podía haber aprendido algunas nociones de esas lenguas durante mi fase secundaria, mientras que los jeroglíficos habían sido creados, sin duda, por mi fantasía a partir de las descripciones de viejas leyendas, y posteriormente habían tomado cuerpo en mis sueños. Traté de verificar ciertos puntos a través de conversaciones con conocidos líderes de cultos, pero nunca conseguí establecer las verdaderas conexiones.

A veces el paralelismo de muchos casos, ocurridos en tiempos tan lejanos, continuaba preocupándome tanto como al principio, pero, por otra parte, pensaba que el folclor truculento era, sin duda, más universal en el pasado que en el presente.

Probablemente todas las otras víctimas cuyos casos eran como los míos habían tenido un contacto largo y familiar con esas historias que yo solo había conocido cuando me hallaba en mi personalidad secundaria. Cuando esas víctimas perdieron la memoria, se habían asociado ellas mismas a las criaturas de sus mitos caseros —los fabulosos invasores que, supuestamente, suplantaban las mentes humanas— y se habían embarcado en búsquedas de conocimientos que ellos creían que podían remontarse a un imaginario pasado no–humano.

Luego, cuando recobraban la memoria, invertían el proceso asociativo y se consideraban las primitivas mentes cautivas en vez de un invasor. De ahí los sueños y los falsos recuerdos consiguientes a trasfondo convencional de mitología.

A pesar de lo aparentemente endeble de tales explicaciones, desplazaron, a mis ojos, a todas las demás, sobre todo debido a la aún mayor debilidad de cualquier otra teoría. Y un número sustancial de psicólogos y antropólogos eminentes fueron gradualmente conviniendo conmigo.

Cuanto más reflexionaba, más me convencía de lo que me decía mi razonamiento, hasta que, al final, obtuve un baluarte realmente efectivo contra las visiones e impresiones que aún me asaltaban. ¿Que tenía extrañas visiones por la noche? ¿Se debía solo a lo que había escuchado y leído? ¿Que tenía extraños temores y visiones y seudomemorias? Esos, también, eran solo ecos de los mitos absorbidos por mi estado secundario. Nada de lo que pudiera soñar, nada de lo que pudiera sentir, podía tener ningún significado.

Fortalecido por tal filosofía, recobré mi equilibrio nervioso, aun cuando las visiones —más que las impresiones abstractas— se hacían cada vez más frecuentes y dotadas de detalles cada vez más turbadores. En 1922 me sentí capaz de retomar un trabajo regular y saqué partido de mi recién logrado conocimiento, aceptando una plaza en el departamento de psicología de la Universidad.

Mi vieja cátedra de política económica había sido ocupada hacía mucho tiempo, aparte de que los métodos de enseñar economía habían cambiado mucho desde mis buenos tiempos. Mi hijo, en esa época, estaba comenzando estudios de posgrado, lo que le llevó a su presente puesto de profesor y trabajábamos juntos en gran medida.

IV

Continué, no obstante, guardando un registro muy cuidadoso de los extraños sueños que me asaltaban tan densa y vividamente. Tal registro, me decía, resultaba de genuino valor como documento psicológico. Las visiones aún parecían sobremanera recuerdos, aunque yo combatía con notable éxito tal impresión.

A la hora de escribir, trataba tales espejismos como cosas que hubiera visto de verdad, pero, en cualquier otro momento las hacía a un lado como telarañas de ilusiones nocturnas. Nunca los mencionaba en conversaciones normales, aunque noticias sobre los mismos se filtraron, como sucede con cualquier cosa, despertando rumores diversos sobre mi salud mental. Resulta divertido señalar que tales ideas se circunscribían a los profanos en la materia, sin un solo paladín entre médicos o psicólogos.

Respecto a mis visiones a partir de 1914, haré aquí mención a solo unas pocas, ya que informes y registros completos se hallan a disposición de los investigadores rigurosos. Es evidente que, con el tiempo, las curiosas restricciones se iban, de alguna forma, desvaneciendo, ya que la panorámica de mis visiones se incrementaba notablemente. Nunca, empero, eran otra cosa que deslavazados fragmentos, aparentemente sin motivación clara.

En los sueños me parecía ir adquiriendo, gradualmente, una mayor libertad de vagabundeo. Flotaba a través de muchos extraños edificios de piedra, yendo de uno a otro a lo largo de titánicos pasajes subterráneos, que parecían ser las normales vías de circulación. A veces me topaba con esas gigantescas trampillas selladas, en los niveles más bajos, auroleadas de miedo y prohibición.

Vi tremendos aljibes de mosaico y estancias repletas de utensilios, curiosos e inexplicables, de mil y una clases. También había cuevas colosales, llenas de intrincada maquinaria cuyas formas y propósito resultaban un completo misterio para mí, y cuyos ruidos pude escuchar solo después de muchos años de sueños. He de remarcar aquí que la visión y el oído fueron los únicos sentidos de los que dispuse en ese mundo onírico.

El verdadero horror comenzó en mayo de 1915, cuando vi por primera vez a los seres. Eran tal como mis estudios, en vista de lo que describían los mitos y los casos históricos, me habían enseñado a esperar. Al derrumbarse las barreras mentales, pude contemplar grandes moles de débiles vapores en varias partes del edificio, así como en las calles de abajo.

Eso, con rapidez, se tornó más sólido y distinguible, hasta que, al cabo, pude reconocer sus monstruosos perfiles con desagradable familiaridad. Parecían ser enormes conos iridiscentes, de unos tres metros de altura, y otros tantos de anchura en la base, formados por una sustancia rugosa, escamosa y semielástica. Del vértice brotaban cuatro miembros flexibles, cilíndricos, cada uno de treinta centímetros de grosor y de una sustancia tan rugosa como la de los propios conos.

Tales miembros, a veces, se contraían hasta casi desaparecer, y otras se extendían hasta una distancia de casi tres metros. Dos de ellos terminaban en enormes zarpas o pinzas. Al extremo de un tercero había cuatro apéndices rojos y con forma de trompeta. El cuarto remataba en un globo irregular y amarillo, de unos sesenta centímetros de diámetro, con tres grandes ojos oscuros dispuestos a lo largo del ecuador.

Remontando esa cabeza había cuatro troncos delgados y grises que sustentaban apéndices como flores, mientras que, del extremo inferior, pendían ocho antenas o tentáculos verdosos. La gran base del cono central estaba ribeteada de una sustancia gomosa y gris que hacía desplazarse a la entidad mediante expansiones y contracciones.

Sus acciones, aunque inofensivas, me espeluznaban incluso más que su aspecto, ya que no es saludable observar a objetos monstruosos haciendo cosas que solo conocen los seres humanos. Esos objetos se movían de forma inteligente por las grandes habitaciones, cogiendo libros de los estantes y llevándolos a las grandes mesas, o viceversa, y escribiendo a veces, con diligencia, mediante un canuto peculiar, sujeto por los tentáculos verdes de la cabeza. Las inmensas pinzas les servían para transportar libros y para conversar, ya que el habla consistía en una especie de cliquetear y rasguñar.

Aquellos seres carecían de vestimentas, pero portaban carteras o mochilas colgadas de lo alto del tronco cónico.

Comúnmente, llevaban su cabeza y su miembro sustentante a nivel del vértice del cono, aunque lo alzaban y bajaban con frecuencia.

Los otros tres grandes miembros solían descansar a los lados del cono, contraídos a una longitud de un metro veinte, aproximadamente, cuando no los estaban usando. Por su forma de leer, escribir y utilizar sus máquinas —las que estaban sobre las mesas parecían, de alguna forma, conectadas a nivel mental— colegí que su inteligencia era enormemente superior a la del hombre.

Más tarde los vi por todos lados; hormigueando por todas las grandes estancias y corredores, atendiendo máquinas monstruosas en criptas abovedadas y desplazándose por las inmensas carreteras, en coches gigantescos con aspecto de bote. Dejé de tenerles miedo, ya que parecían ser, en grado sumo, algo natural en aquel entorno.

Comencé a distinguir diferencias individuales entre ellos, y unos pocos parecieron estar bajo alguna especie de restricción. Estos últimos, aunque no mostraban diferencias físicas, tenían una diversidad de hábitos y gestos que los diferenciaban, no solo de la mayoría, sino a unos de otros.

Escribían continuamente en lo que, a ojos de mi nebulosa visión, parecía una inmensa variedad de caracteres, aunque nunca eran los típicos jeroglíficos de la mayoría. Unos pocos, me pareció, usaban nuestro propio y familiar alfabeto. La mayoría de ellos trabajaba mucho más lentamente que la generalidad de las entidades.

Durante todo ese tiempo, mi propia parte en los sueños parecía ser la de una conciencia desencarnada, con una amplitud de visión mayor de lo normal, flotando libremente, aunque confinada a las ordinarias avenidas y velocidad de tránsito. No fue hasta agosto de 1915 cuando una sugerencia de existencia corporal comenzó a acosarme. Y digo acosarme porque la primera fase fue simplemente una asociación abstracta, aunque infinitamente terrible, entre mi previo horror a mi propio cuerpo y las visiones.

Por un instante, mi principal preocupación en los sueños fue mirarme abajo, a mí mismo, y recordé cuán agradecido me sentía por la total falta de espejos en las extrañas estancias. Estaba de lo más preocupado por el hecho de que siempre veía las grandes mesas —cuya altura no bajaba de los tres metros— desde un nivel no inferior a su altura.

Fue entonces cuando la tentación morbosa de mirarme fue haciéndose progresivamente mayor, hasta que, una noche, no pude resistirme más. Al principio, mirar abajo no me reveló nada. Un momento después, percibí que eso se debía a que mi cabeza estaba al extremo de un cuello flexible de enorme longitud. Retrayendo ese cuello y mirando abajo con intensidad, vi la mole escamosa, rugosa e iridiscente de un inmenso cono de tres metros de alto y otros tres de anchura en la base. Fue entonces cuando desperté a media Arkham con un grito, al tiempo que me arrancaba enloquecido del abismo del sueño.

Solo después de semanas de odiosa repetición, pude reconciliarme a medias con esas visiones de mí mismo, revestido de forma monstruosa. En los sueños me movía con toda tranquilidad entre las otras entidades desconocidas, leyendo terribles libros sacados de las interminables baldas, y escribiendo durante horas en las grandes mesas, mediante un estilo que manejaba con los tentáculos verdes pendientes de mi cabeza.

Retazos de lo que leía y escribía quedaban en mi memoria. Había horribles crónicas de otros mundos y otros universos, así como de conmovedores seres informes, ajenos a todos los universos. Había registros sobre extraños órdenes de seres que habían poblado el mundo en pasados olvidados, y espantosas crónicas sobre las formas grotescas que lo poblarán millones de años después de que haya muerto el último ser humano.

Tuve acceso a capítulos de historia humana cuya existencia ningún erudito contemporáneo ni siquiera ha sospechado. Muchos de esos escritos estaban en el lenguaje de los jeroglíficos, que yo estudiaba en forma extraña, con la ayuda de las máquinas zumbantes, y que era, sin lugar a duda, un habla aglutinativa con sistemas de raíces completamente distintas a todo lo conocido en el lenguaje humano.

Otros volúmenes estaban en desconocidas lenguas que había aprendido de esa misma forma extraña. Unos pocos estaban en lenguajes que yo conocía. Imágenes extremadamente ingeniosas, tanto insertas en los registros como formando colecciones separadas, me ayudaron de forma inmensa. Y durante todo el tiempo me pareció estar escribiendo una historia de mi propia era en inglés. Al despertar, podía recordar solo pequeños e ininteligibles retazos de las lenguas desconocidas que tan bien dominaba mi ser onírico, aunque guardaba frases completas de la historia.

Conocí —aun antes de que mi ser vigil hubiera estudiado los casos paralelos o los viejos mitos de los que surgían sin duda los sueños— que las entidades que me rodeaban eran la mayor raza del mundo, que habían conquistado el tiempo y enviado mentes exploradoras a todas las edades. Supe también que había sido arrebatado de mi propia edad mientras otra usaba mi cuerpo en ella, y que algunas otras de las formas extrañas albergaban igualmente mentes capturadas. Me parecía hablar, mediante un extraño lenguaje hecho de entrechocar de zarpas, con intelectos exiliados de cada rincón del sistema solar.

Había una mente del planeta que ahora conocemos como Venus, que vivirá en una época por venir, incalculablemente lejana, y otra de una luna exterior de Júpiter, de hace seis millones de años. En cuanto a las mentes terrenas, había algunas de la raza de la paleógena Antártida, alada, con cabeza de estrella y medio vegetal; una del pueblo reptiliano de la fabulosa Valusia;

55

tres de los velludos habitantes prehumanos de Hiperborea, adoradores de Tsathoggua; uno de los abominables Tcho-Tcho, dos de los habitantes arácnidos de la última edad de la Tierra, cinco de las especies coleópteras que sucederán a la humanidad y a la que la Gran Raza, algún día, transferirá sus mentes, más privilegiadas, en masa, huyendo de un horrible peligro, así como algunas de las diferentes ramas de la humanidad.

Hablé con el cerebro de Yiang-Li, un filósofo del cruel imperio de Tsan-Chan, que existirá en el 5000 d. de C.; con el de un general del pueblo negro de grandes cabezas que vivió en Sudáfrica, en el 50000 a. de C.; con el de un monje florentino del siglo XII llamado Bartolomeo Corsi; con el de un rey de Lomar, que gobernó esta terrible región polar unos cien mil años antes de que los rechonchos y amarillos inutos llegaran del oeste para hundirlo.

Hablé con la mente de Nun-Soth, un mago de los oscuros conquistadores del 16000 d. de C.; con un romano llamado Tito Sempronio Bleso, que fue cuestor en tiempos de Sila; con Khephnes, un egipcio de la XIV Dinastía, que me habló del odioso secreto de Nyarlatothep; con un sacerdote del reino medio de Atlantis; con un caballero de Suffolk, de los tiempos de Cromwell, llamado James Woodwille; con un astrónomo cortesano del Perú preincaico; con un físico australiano, Nevil Kingston-Brown, que morirá en el 2518 d. de C.; con un archimago del desaparecido Yhe en el Pacífico; con Theodotides, un oficial greco-bactriano del 200 a. de C.; con un anciano francés de la época de Luis XIII, llamado Pierre-Louis Montagny; con Crom-Ya, un caudillo de la Cimeria del 15000 a. de C.; y con muchos otros, tantos que mi mente no es capaz de albergar los tremendos secretos y las desconcertantes maravillas que conocí a través de ella.

Me despertaba cada mañana febril, tratando a veces frenético de verificar o descartar las informaciones que entraban dentro del alcance de los conocimientos humanos modernos. Asuntos tradicionales tomaban un nuevo y dudoso aspecto, y me preguntaba cómo las fantasías oníricas podían inventar tan sorprendentes añadidos a la historia y a la ciencia.

Me estremecía ante los misterios que podía ocultar el pasado, y temblaba ante las amenazas del futuro por venir. Lo que se me dejó entrever, por boca de las entidades posthumanas, sobre el destino de nuestra raza, me produjo tal efecto que no lo consignaré yo aquí.

Después del hombre vendrá la poderosa civilización de los escarabajos, de cuyos cuerpos se apoderará la flor y nata de la Gran Raza, cuando la monstruosa maldición se cierna sobre su mundo primigenio. Luego, cuando se agote la progenie terrestre, esas mentes vagabundas volverán de nuevo a emigrar a través del tiempo y el espacio para hacer otra parada en los cuerpos de las bulbosas entidades vegetales de Mercurio. Pero dejarán otras razas detrás de ellas, patéticamente aferradas al planeta frío, hundiéndose hacia su núcleo repleto de horrores, antes del definitivo final.

Entre tanto, en mis sueños, escribía sin fin una historia de mi propia edad, destinada —medio por voluntad propia, medio merced a las promesas de aumentar mi acceso a la biblioteca y los viajes— a los archivos centrales de la Gran Raza. Estos archivos se hallaban en una colosal estructura subterránea, cerca del centro de la ciudad, y llegué a ser bien conocido allí, gracias a los frecuentes trabajos y consultas que realizaba. Concebido para durar tanto como la raza y sobrevivir a la más devastadora convulsión terrestre, esa titánica biblioteca sobrepasaba a todos los demás edificios en cuanto a lo masiva y montañosa de su construcción.

Los archivos, escritos o impresos en hojas de una celulosa curiosamente resistente, estaban colocados en libros que se abrían por arriba, y estos a su vez estaban guardados en cajas individuales de un extraño y ligero metal inoxidable de tintes grisáceos, decorado: con motivos matemáticos y ostentando un título con los curvilíneos jeroglíficos de la Gran Raza.

Esos estuches estaban colocados en hileras, dentro de bóvedas regulares —como estantes cerrados y asegurados—, construidos en el mismo metal inoxidable y con cerrojos de mecanismos complejos. Mi propia historia fue dispuesta en un lugar concreto de las bóvedas, en el nivel más bajo o de vertebrados: la sección destinada a las culturas de la humanidad y a las de las razas peludas y reptilianas que le precedieron inmediatamente en el dominio de la Tierra.

Pero ninguno de los sueños me dio nunca una imagen completa de la vida diaria. Todo se reducía a simples fragmentos brumosos e inconexos, y está claro que tales trozos no estaban dispuestos en su secuencia correcta. Tengo, por ejemplo, una idea muy imperfecta de mi propia forma de vida en el mundo onírico; aunque creo haber dispuesto de una gran habitación de piedra para mí solo. Mis restricciones como prisionero fueron desapareciendo gradualmente, por lo que algunas de las visiones incluyen vívidos viajes por las grandes carreteras de la jungla, estancias en ciudades extrañas, y exploraciones de algunas de esas ruinas inmensas, oscuras y sin ventanas, de las que se apartaba la Gran Raza con peculiar miedo. Hubo también largas travesías por el mar, en enormes buques de muchas cubiertas e increíble rapidez, y viajes sobre regiones salvajes, en naves cerradas, como balas, propulsadas por repulsión eléctrica.

Más allá del ancho y cálido océano, había otras ciudades de la Gran Raza, y en un lejano continente vi las toscas aldeas de los seres de hocico negro y con alas que sería la especie dominante después de que la Gran Raza hubiera enviado a sus mejores mentes al futuro para escapar del horror reptante. Llanura y verdor exuberante eran siempre las claves de las escenas. Las colinas eran bajas y pocas, y solían mostrar signos de formación volcánica.

Acerca de los animales que vi podría escribir volúmenes. Eran todos salvajes, ya que la cultura mecanizada de la Gran Raza había desechado hacía mucho tiempo a las bestias domésticas, en tanto que el alimento era vegetal o sintético. Desmañados reptiles de gran tamaño se debatían en los humeantes cenagales, aleteaban en el aire pesado o chapoteaban en los mares y lagos, y, entre ellos, creí reconocer vagamente a prototipos lejanos y arcaicos de muchas formas —dinosaurios, pterodáctilos, ictiosaurios, laberintodontes, plesiosaurios y otros por el estilo— con los que me había familiarizado a través de la paleontología. No pude distinguir pájaro o mamífero alguno.

El terreno y los pantanos hervían de serpientes, lagartos y cocodrilos, mientras que los insectos zumbaban sin pausa entre la exuberante vegetación. Mar adentro, invisibles y desconocidos monstruos lanzaban columnas de espuma a los cielos cubiertos de vapor. Una vez me sumergí bajo las aguas a bordo de un buque submarino con focos, y entreví algunos horrores vivientes de espantosa magnitud. Vi también las ruinas de increíbles ciudades sumergidas y una gran abundancia de crinoideos, braquiópodos, corales y vida submarina que pululaban por doquier.

Conservo muy poca información, a través de mis sueños, de la fisiología, psicología, tradiciones y detalles históricos de la Gran Raza, y los puntos sueltos que aquí consigno proceden más del estudio de las viejas leyendas y los otros casos que de mis propios sueños.

A veces, por supuesto, mis lecturas e investigaciones perduraban y llegaban en muchas formas a los sueños, por lo que ciertos fragmentos oníricos ya los tenía y servían para cotejar luego mis investigaciones. Esto daba pie, lo cual era un consuelo, a mi creencia de que similares lecturas e investigaciones, realizadas por n i personalidad secundaria, eran el origen de todo aquel terrible tinglado de seudomemorias.

El periodo de mis sueños se situaba, al parecer, en alrededor de hace 150 millones de años, cuando la era Paleozoica estaba dejando paso al Mesozoico. Los cuerpos ocupados por la Gran Raza no representaban ningún vástago de ninguna línea existente —o siquiera conocida por la ciencia— de la evolución terrestre, sino que eran de un tipo peculiar, muy homogéneo y altamente especializado, más emparentado con el estado vegetal que con el animal.

La acción celular era de una clase única que casi eliminaba la fatiga y hacía, por completo, innecesario el sueño. Los nutrientes, asimilados a través de los apéndices rojos, parecidos a trompetas, situados en uno de los grandes y flexibles miembros, eran siempre de una clase semifluida y, en muchos aspectos, completamente distintos a cualquiera alimento de los animales existentes.

Los seres disponían, no obstante, de dos sentidos iguales a los nuestros: vista y oído, este último suministrado por los apéndices, como flores, situados en los pedúnculos grises sobre sus cabezas. Poseían, además, muchos e incomprensibles sentidos, que no podían ser usados plenamente, empero, por las mentes cautivas en sus cuerpos. Sus tres ojos estaban situados de tal forma que les daban un campo de visión mayor de lo normal. Su sangre era una especie de icor verde-oscuro y muy espeso.

No tenían sexo, sino que se reproducían a través de semillas o esporas, que se arracimaban en sus bases y que solo podían eclosionar bajo el agua. Empleaban tanques, grandes y poco profundos, para el desarrollo de su progenie —que era poco numerosa, en concordancia con la longevidad de los individuos—, siendo entre cuatro y cinco mil años la duración normal de la vida.

Los individuos con defectos eran eliminados con rapidez, apenas se descubrían sus lacras. La enfermedad y la agonía eran reconocidas, en ausencia de un sentido del tacto o de dolores, mediante simples síntomas visuales.

Los muertos eran incinerados en dignas ceremonias. A veces, sin embargo, como ya he dicho, alguna mente privilegiada podía sustraerse a la muerte proyectándose hacia el futuro; pero tales casos eran poco numerosos. Cuando tal ocurría, la mente exiliada del porvenir era tratada con la mayor de las gentilezas, hasta que se disolvía su nada familiar envoltura.

La Gran Raza parecía estructurada en una federación o liga sencilla y laxa, con algunas instituciones de alto rango en común, aunque había cuatro divisiones definidas. El sistema político y económico de cada unidad era una especie de socialismo fascista, con los recursos distribuidos racionalmente y el poder en manos de un pequeño grupo rector, elegido mediante votación entre todos aquellos capaces de superar ciertas pruebas culturales y psicológicas. La organización familiar no estaba desmesurada, aunque se reconocían los lazos entre aquellos con antepasado común, y los jóvenes generalmente dependían de sus progenitores.

Las semejanzas con las actitudes e instituciones humanas, por supuesto, se daban sobre todo en campos donde, por un lado, intervenían elementos altamente abstractos, y, por el otro, donde había una predominancia de las necesidades, básicas e inespecializadas, comunes a toda la vida orgánica. Algunas semejanzas más procedían de la adopción consciente de elementos, ya que la Gran Raza buscaba en el futuro y copiaba lo que más le convenía.

La industria, altamente mecanizada, exigía muy poco tiempo de cada ciudadano, y el abundante tiempo de ocio estaba lleno de actividades intelectuales y estéticas, de la clase más variada.

Las ciencias habían alcanzado un increíble grado de desarrollo, y el arte era parte esencial de la vida; aunque este, en el periodo de mis sueños, había pasado ya su cenit y meridiano. La tecnología estaba enormemente estimulada por la continua lucha por la supervivencia y por el afán de mantener la existencia física de las grandes ciudades, dado los prodigiosos cataclismos geológicos de aquellos días primarios.

El crimen era sorprendentemente escaso y se solventaba mediante un sistema de lo más eficiente. Los castigos iban desde la pérdida de privilegios y la prisión, hasta la muerte o la supresión de las funciones superiores, y nunca se aplicaba sin haber realizado antes un cuidadoso estudio de las motivaciones del criminal.

La guerra había sido sobre todo de tipo civil, en los últimos milenios, aunque también había tenido lugar contra invasores reptilianos u octópodos, o contra los Antiguos, alados y con cabeza de estrella, que tenían su capital en la Antártida, y era poco frecuente aunque infinitamente devastadora. Un enorme ejército, pertrechado con armas parecidas a cámaras, que producían tremendos efectos eléctricos, estaba siempre presto para misiones apenas mencionadas, pero que obviamente tenían que ver con el constante miedo a esas antiguas ruinas, oscuras y sin ventanas, y a las grandes trampillas selladas de los niveles subterráneos más bajos.

Tal miedo a las ruinas basálticas y a las trampillas era, sobre todo, de un tipo de lo que nunca se hablaba... o, a lo sumo, daba pie a furtivos rumores. Todo cuanto tuviese que ver específicamente con ello estaba significativamente ausente de los libros situados en los estantes comunes. Era el único asunto tabú entre la Gran Raza, y parecía tener que ver tanto con horribles conflictos del pasado como con el futuro peligro que, algún día, obligaría a la raza a enviar a sus mentes más preclaras, en masa, hacia el futuro.

Siendo, como eran, imperfectos y fragmentarios los otros temas que presentaban los sueños y leyendas, este asunto estaba envuelto en un velo aún más desconcertante. Los vagos mitos antiguos lo evitaban, o quizá todas las alusiones al mismo habían sido borradas por alguna razón. Y en todos los sueños, los míos y los de otros, los atisbos del mismo eran curiosamente pocos. Los miembros de la Gran Raza no se referían nunca intencionadamente a este tema, y lo que se podía espigar provenía de las observaciones de los más atentos entre las mentes cautivas.

Según tales fragmentos de información, el miedo tenía su origen en una horrible raza arcaica de semipólipos, entidades del todo alienígenas que habían llegado del espacio, provenientes de universos inconmensurablemente lejanos, y que habían dominado la Tierra y otros tres planetas del sistema solar hace unos 600 millones de años. Eran materiales solo en parte —tal y como entendemos nosotros la materia—, y su tipo de conciencia y formas de percepción difería en grado sumo de las de los organismos terrestres. Por ejemplo, sus sentidos no incluían la visión, y su mundo mental estaba tramado sobre un modelo de impresiones extraño y no visual.

Eran, sin embargo, lo bastante materiales como para usar útiles normales si estaban en áreas cósmicas que contuvieran materia. Aunque sus sentidos podían traspasar las barreras materiales, su sustancia no, y ciertas formas de energía eléctrica podían destruirlos por completo. Tenían la capacidad de desplazarse por los aires, a pesar de que carecían de alas o de cualquier otro medio visible de levitación. Sus mentes eran de tal estructura que la Gran Raza no pudo hacer ningún cambio con ellos.

Cuando esos seres llegaron a la Tierra construyeron poderosas ciudades basálticas de torres sin ventanas y depredaron de forma horrible sobre los seres que se encontraron aquí. Así fue hasta que las mentes de la Gran Raza cruzaron el vacío, procedentes de ese oscuro y transgaláctico mundo, conocido en los perturbadores y discutibles Fragmentos de Eltdown como Yith.

Los recién llegados, con instrumental de su propia fabricación, pudieron vencer con facilidad a las depredadoras entidades, y empujarlas a esas cavernas de las profundidades de la Tierra que estas habían comenzado ya a ocupar y hacer habitables.

Luego sellaron las entradas y las dejaron a su suerte, ocupando la mayor parte de sus ciudades y conservando importantes edificios por razones que tenían que ver más con la superstición que con los afanes fríos y estudiosos de la ciencia o la historia.

Pero, con el paso de los eones, aparecieron vagos y malignos indicios de que los arcaicos seres se estaban haciendo fuertes y numerosos en el mundo interior. Hubo esporádicas incursiones, de un tipo particularmente odioso, en ciertas y remotas ciudades que la Gran Raza no había poblado, lugares donde los accesos a los abismos no habían sido apropiadamente sellados o vigilados.

Después de eso se tomaron mayores precauciones, y muchos de los accesos se clausuraron para siempre, aunque unos pocos quedaron abierto, aunque con trampillas selladas, para un uso estratégico, en caso de tener que combatir a los seres arcaicos si estos irrumpían en lugares inesperados.

Las incursiones de los seres arcaicos debieron ser estremecedoras, más allá de cualquier descripción, ya que teñían la propia psicología de la Gran Raza. Tan poderoso era el manto de horror al respeto que ni siquiera se mencionaba qué aspecto podían tener las criaturas. En ningún momento pude conseguir yo indicios claros de qué forma pudieran tener.

Había sugerencias veladas acerca de una monstruosa plasticidad y de lapsos temporales de visibilidad, mientras que otros rumores hablaban de su capacidad de control y uso militar sobre fuertes vientos. Curiosos sonidos agudos y colosales huellas, circulares y de cinco dedos, parecían también asociados a ellos.

Era evidente que la amenazadora condena, tan desesperadamente temida por la Gran Raza —la condena que, un día, habría de enviar a millones de mentes preclaras a través de la sima del tiempo hacia cuerpos ajenos de un futuro más seguro—, tenía algo que ver con la irrupción final de los seres arcaicos.

Proyecciones mentales a lo largo de las edades habían previsto claramente tal horror, y la Gran Raza había llegado a la conclusión de que nada podía hacerse sino huir. Que tal incursión tenía que ver con la venganza, antes que con un plan de recuperar el mundo exterior, quedaba claro, a juzgar por la posterior historia del planeta, ya que sus proyecciones les habían mostrado el auge y caída de razas consecutivas, que no habían sido molestadas por las monstruosas entidades.

Quizá aquellos seres habían llegado a preferir los abismos de la Tierra interior a la superficie variable y castigada por las tormentas, ya que no necesitaban la luz. Lo cierto es que se sabía que debían de haberse extinguido ya para la época de los escarabajos poshumanos a los que emigrarían las mentes fugitivas.

Entre tanto, la Gran Raza se mantenía en una vigilancia precavida, con potentes armas incesantemente dispuestas, a pesar del espantado desvanecimiento de todo aquel tema, de las charlas comunes y de los anales visibles. Y siempre estaba la sombra de un miedo indescriptible, pendiente sobre las tramas selladas, y las torres oscuras y sin ventanas.

V

Tal era el mundo del que mis sueños me traían débiles y fragmentarios ecos cada noche. No puedo esperar dar una verdadera idea del horror y espanto que contenían tales ecos, ya que aquellos residían en una cualidad por completo intangible: la acusada sensación de seudomemoria.

Como ya he dicho, mis estudios fueron erigiendo gradualmente una defensa contra tales sentimientos en forma de explicaciones psicológicas racionales, y esa salvadora influencia fue aumentada con el sutil toque de cotidianidad que fue adquiriendo con el paso del tiempo. Sin embargo, pese a todo, el vago y reptante terror regresaba de vez en cuando. No me vencía, empero, como antes, y a partir de 1922 viví una vida de lo más normal de trabajo y ocio.

Con el paso de los años comencé a pensar que mi experiencia —unida a los casos parecidos y al folclor registrado— debía ser sistematizada y publicada a beneficio de los investigadores serios, de ahí que preparase una serie de artículos breves que cubrían todo el asunto y que iban ilustrados con toscos bocetos de algunas de las formas, escenas, motivos decorativos y jeroglíficos que recordaba de los sueños.

Aparecieron, en varias entregas, durante 1928 y 1929, en el *Journal of the American Psychological Society*, y no despertaron gran atención. Yo, entre tanto, continué registrando mis sueños con el mayor de los cuidados, incluso a pesar de que el creciente acervo de registros alcanzaba dimensiones problemáticas.

El 10 de julio de 1934 me llegó, vía Sociedad Psicológica, la carta que abrió la fase culminante y más horrible de toda esta loca ordalía. Tenía matasellos de Pilbarra, en Australia occidental, y llevaba la firma de alguien que, según mis indagaciones, era un ingeniero de minas de considerable renombre. Dentro había algunas curiosas fotos. Reproduciré los textos íntegramente, y ningún lector podrá dejar de entender cuán tremendo efecto tuvieron, ellos y las fotos, sobre mí.

Estuve durante algún tiempo casi paralizado e incrédulo, ya que, aunque a menudo había supuesto que debiera haber alguna base real bajo ciertas facetas de las leyendas que teñían mis sueños, no por eso estaba más preparado para toparme con un resto tangible de un mundo perdido y remoto más allá de cualquier imaginación. Lo más devastador de todo eran las fotografías... porque en ellas, en un frío e incontrovertible realismo, contra un paisaje de arenas removidas, había unos bloques de piedra erosionados por el clima y el agua, con cimas algo convexas y fondos ligeramente planos, que hablaban por sí solas.

Y cuando las estudié con una lupa pude ver demasiado claramente, entre los golpes y las erosiones, los restos de aquellos inmensos diseños curvilíneos y jeroglíficos ocasionales cuyo significado se había vuelto tan odioso para mí. Pero he aquí la carta, que habla por sí sola:

49, Dampier St.,
Pilbarra, W. Australia,
18 de mayo de 1934.

Profesor N. W. Peaslee,
Sociedad Psicológica Americana.
30 E. 41 st St.,
Ciudad de Nueva York. EE.UU.

Estimado señor:

Una reciente conversación con el doctor E. M. Boyle de Perth, así como algunos periódicos en los que aparecen artículos suyos, y que acaba de enviarme, me mueven a hablarle acerca de ciertas cosas que he encontrado en el Gran Desierto Arenoso, al este de la mina de oro que tenemos allí. Al parecer, en vista de las curiosas leyendas sobre viejas ciudades, de sillería inmensa y extraños motivos y jeroglíficos que usted describe, he topado con algo muy importante.

Los negros han contado siempre muchas historias sobre «grandes piedras con marcas en ellas», y parecen tenerles un miedo terrible. Las conectan, de alguna forma, con sus leyendas clásicas sobre Buddai, el gigantesco anciano que duerme desde hace edades bajo tierra, con la cabeza sobre el brazo, y que algún día despertará para devorar al mundo entero.

Hay algunas leyendas muy viejas y medio olvidadas acerca de enormes cabañas subterráneas, hechas de grandes piedras, con pasadizos que llevan abajo y abajo, y en los que suceden cosas horribles. Los negros afirman que, cierta vez, algunos guerreros, fugitivos de la batalla, se internaron en una de ellas y nunca emergieron, aunque espantosos vientos comenzaron a soplar desde allí abajo, apenas bajaron. Sin embargo, no suele haber mucho de verdad en todas esas historias de los nativos.

Pero no es eso lo que deseo relatarle. Hace dos años, cuando estaba haciendo prospecciones en el desierto, a unos 500 kilómetros al este, me topé con un lote de extrañas piezas de piedra tallada, de alrededor de 1 × 0, 60 × 0,60 de tamaño y erosionados en grado sumo.

Al principio no pude encontrar ninguna de las marcas de las que hablaban los negros, pero, mirando con mayor detenimiento, pude encontrar algunas líneas profundamente talladas que se mantenían pese a la erosión. Había curvas peculiares, idénticas a las que los negros habían tratado de describirme. Supuse que debía haber alrededor de treinta o cuarenta bloques, algunos casi enterrados en la arena, y todos dentro de un radio de unos doscientos metros.

Al descubrir los primeros, estudié detenidamente los alrededores e hice mediciones sistemáticas de todo el lugar con mis instrumentos. También tomé fotos de diez o doce de los bloques más típicos, y adjuntaré esas imágenes para que las vea.

Mandé mi información y fotos a la administración, en Perth, pero no han hecho nada al respecto.

Entonces me encontré con el doctor Boyle, que había leído sus artículos en el *Journal of the American Psychological Society* y, entonces, fue cuando le mencioné lo de las piedras. Se mostró enormemente interesado y todavía más cuando le mostré las instantáneas, pues dijo que las piedras y las marcas eran exactamente iguales a las de la sillería sobre la que usted había soñado y que había encontrado descrita en las leyendas.

Él pensó en escribirle, pero al final se fue retrasando. Entre tanto, me envió la mayoría de las revistas en las que aparecían sus artículos y vi enseguida, por sus bocetos y descripciones, que mis piedras son, sin lugar a dudas, de la clase que usted comenta. Puede apreciar este último extremo a través de las fotos adjuntas. En su momento podrá escuchar en persona al doctor Boyle.

Ahora puedo entender cuán importante debe ser todo esto para usted. Sin lugar a dudas, nos encontramos ante los restos de una civilización desconocida, más antigua de lo que podamos soñar y que forma las bases de las leyendas de las que usted habla.

Como ingeniero de minas, tengo ciertos conocimientos de geología y puedo decirle que esos bloques son tan antiguos que me espantan. Son, en su mayor parte, de arenisca y granito, aunque uno de ellos está hecho de alguna extraña clase de cemento u hormigón.

Muestran evidencias de erosión acuática, como si esta parte del mundo hubiera estado bajo el mar y hubiera emergido después de largas edades, todo ello posterior a que esos bloques fueran hechos y usados, lo cual supone cientos de miles de años, o Dios sabe cuánto más. No me agrada ponerme a pensar en ello.

En vista de su previo y concienzudo trabajo a la hora de sistematizar las leyendas y todo lo que tiene que ver con este asunto, no tengo dudas de que estaría dispuesto a encabezar una expedición al desierto y hacer algunas excavaciones arqueológicas. Tanto el doctor Boyle como yo estamos dispuesto a cooperar en tal asunto si usted —o alguna organización que usted conozca— puede proveer de fondos.

Puedo aportar una docena de mineros para los trabajos más pesados de excavación; a los negros hay que descartarlos, ya que he constatado que tienen un miedo casi maníaco a ese lugar en concreto. Ni Boyle ni yo hemos dicho nada a otras personas, ya que usted, obviamente, debe tener prioridad a la hora de cualquier descubrimiento o atribución de méritos.

Se puede llegar a ese sitio, desde Pilbarra, en unos cuatro días en vehículo tractor, de los que necesitaremos cuatro. Se encuentra un poco al oeste y al sur de la ruta de Warburton de 1873, y a unos cien kilómetros de Joanna Spring. Podemos también remolcar lo necesario por el río De Grey, en vez de salir de Pilbarra, pero de todo eso podemos hablar en su momento.

Grosso modo, las piedras se hallan en un punto situado en latitud 22° 3' 14" Sur y longitud 125° 0' 39" Este. El clima es tropical y las condiciones desérticas rigurosas.

Recibiré con agrado cualquier correspondencia que quiera establecer sobre este asunto y estoy de lo más interesado en ayudarle en cualquier plan que pueda hacer al respecto. Tras estudiar sus artículos, estoy sumamente impresionado por el significado profundo de todo este asunto. El doctor Boyle le escribirá también. Cuando necesite establecer comunicación inmediata, cualquier mensaje a Perth será reexpedido por telégrafo.

En espera de una pronta contestación,
Considéreme
A su entera disposición
ROBERT B. F. MACKENZIE

Casi todas las consecuencias provocadas por esa carta pueden leerse en los periódicos de la época. Mi buena suerte me aseguró un gran respaldo por parte de la universidad Miskatonic, y tanto el señor McKenzie como el doctor Boyle se mostraron impagables a la hora de solventar los pormenores del asunto en Australia. No dejamos traslucir gran cosa al público acerca de nuestros objetivos, ya que todo aquel asunto podía convertirse, de forma harto desagradable, en un asunto molesto y burlesco por obra y gracia de la prensa amarilla. Por tanto, los informes impresos fueron bastante someros; aún así, apareció lo bastante como para desvelar que buscábamos unas ruinas australianas —sobre las que ya se había informado— y dar cuenta de los diversos preparativos de la expedición.

El profesor William Dyer, del departamento de geología de la Universidad —y jefe de la expedición Miskatonic al Antártico en 1930-31—, Ferdinad C. Ashley, del departamento de historia antigua, y Tyler M. Freeborn, del departamento de antropología, así como mi hijo Wingate, vinieron con nosotros.

Mi corresponsal McKenzie llegó a Arkham a principios de 1935 para ayudarnos a ultimar los preparativos. Resultó ser un hombre afable y de lo más competente, de unos cincuenta años, admirablemente leído y profundamente familiarizado con todo lo tocante a los viajes por Australia.

Tenía tractores esperando en Pilbarra y había fletado un vapor lo bastante pequeño como para alcanzar ese punto del río. Estábamos preparados para excavar de la forma más cuidadosa y científica, cribando cada partícula de arena y sin mover nada de lo que pareciera estar en o cerca de su posición original.

Embarcando a bordo del resollante *Lexington*, el 28 de marzo de 1935, realizamos una calmosa singladura por el Atlántico y el Mediterráneo, cruzando el canal de Suez, bajando por el mar Rojo y atravesando el océano Índico hasta alcanzar nuestra meta. No necesito decir hasta qué punto me deprimió la vista de la costa, baja y arenosa, de Australia occidental, y cómo aborrecí las toscas torres mineras y los espantosos campos auríferos en los que los tractores se encontraban ultimando la carga.

El doctor Boyle, que se reunió allí con nosotros, resultó ser un hombre entrado en años, agradable e inteligente; y sus conocimientos de psicología llevaron a que mantuviera muchas y largas conversaciones al respecto, tanto con mi hijo como conmigo mismo.

Desasosiego y expectación se mezclaban de forma extraña en el ánimo de casi todos nosotros cuando, por fin, nuestro grupo de 18 hombres se internó en las áridas leguas de arenas y rocas. El viernes 31 de mayo vadeamos un ramal del De Grey y penetramos en el reino de la desolación más absoluta. Cierto terror iba creciendo en mi interior según avanzábamos hacia aquella área de mundo arcaico que daba cuerpo a las leyendas; un terror, por supuesto, del que tenía parte de culpa el hecho de que mis turbadores sueños y seudomemorias aún me acosaban con fuerza invencible.

El lunes 3 de junio vimos el primero de aquellos semienterrados bloques. No puedo describir las emociones que me embargaron al tocar —en términos reales— un fragmento de la ciclópea sillería, que era igual, hasta el último extremo, a los bloques que formaban los muros de los edificios de mis sueños. Había claras trazas de tallas, y las manos me temblaban al reconocer parte de una trama decorativa curvilínea, que a mí me resultaba infernal por culpa de años de atormentadas pesadillas y desconcertadas investigaciones.

Un mes de excavaciones sacó a la luz un total de 1.250 bloques en distintos estados de deterioro y desintegración. La mayoría de ellos eran megalitos tallados, con cima y base curvas. Unos pocos eran de menor tamaño, más planos y de superficie lisa, cúbicos u octogonales —como aquellos de los suelos y calles de mis sueños—, mientras que algunos eran singularmente masivos y combados o inclinados, en una forma que sugería su uso en abovedados o curvaturas, o como parte de los vanos de arcos o ventanas redondas.

Cuanto más profundizábamos —hacia el norte y el este—, más bloques sacábamos a la luz, aunque no pudimos descubrir ninguna traza de organización entre ellos. El profesor Dyer estaba desconcertado por la increíble edad de los fragmentos, y Freeborn encontró restos de símbolos que recordaban lejanamente a ciertas leyendas, papúas y polinesias, de infinita antigüedad. El deterioro y la dispersión de los bloques eran testigos mudos de vertiginosos ciclos de tiempo y de convulsiones geológicas de furia cósmica.

Disponíamos de un aeroplano, y mi hijo Wingate volaba a menudo a distintas altitudes y observaba el baldío de rocas y arena en busca de rastros tenues y grandes, bien fueran diferencias de nivel o líneas que pudieran delatar la presencia de los dispersos bloques. Pero no conseguía prácticamente nada, ya que, dondequiera que un día pudiera creer atisbar algún perfil significativo, al nuevo viaje se encontraba con que esa impresión había sido reemplazada por algo completamente insustancial; obra de la arena movediza y arrastrada por el viento.

Una o dos de esas efímeras sugestiones, empero, me afectaron de forma extraña y desagradable. Parecían, en cierto modo, concordar horriblemente con algo que yo había leído o soñado, pero que no llegaba a recordar. Me resultaban terriblemente familiares y, de algún modo, me hacían mirar furtiva y aprensivamente hacia el abominable y estéril territorio situado al norte y el noreste.

Alrededor de la primera semana de julio, desarrollé una inexplicable mezcolanza de emociones contradictorias, tocantes todas a la región noreste en general. Era horror, era curiosidad, pero sobre todo había una persistente y asombrosa ilusión de memoria.

Probé toda clase de artificios psicológicos para arrancar esas nociones de mi cabeza, pero no obtuve resultado alguno. El insomnio también se apoderó de mí, aunque eso es algo que acepté casi aliviado, ya que acortaba mis periodos de sueños. Adquirí el hábito de realizar largos y solitarios paseos por el desierto, durante la noche, normalmente hacia el norte o el noreste, puntos a los que la suma de mis extraños y nuevos impulsos parecían empujarme de forma sutil.

A veces, durante esos paseos, me topaba con restos casi enterrados de la antigua sillería. Aunque apenas había más bloques visibles de los que habíamos encontrado en el punto en que comenzáramos a cavar, estaba seguro de que debía haber muchos más bajo la superficie. El terreno era menos nivelado que en nuestro campo y los sempiternos vendavales conformaban a las arenas en forma de fantásticas y temporales dunas, exponiendo bajos restos de las arcaicas piedras al tiempo que enterraban otros.

Yo me sentía extrañamente ansioso de extender las excavaciones a este punto, aun temiendo al mismo tiempo lo que pudieran revelar. Obviamente, me estaba deteriorando, y lo peor de todo es que no podía encontrarle explicación.

Una muestra de mi mal estado nervioso puede colegirse de mi reacción a un extraño descubrimiento realizado durante uno de mis paseos nocturnos. Fue en la tarde del 11 de julio, cuando la luna inundaba los misteriosos montículos con una curiosa palidez.

Vagabundeando algo más allá de mis límites usuales, fui a dar con una gran piedra que parecía diferir en grado sumo de cualquier otra que hubiéramos encontrado. Estaba cubierta casi por completo, pero yo me detuve y limpié las arenas con mis manos, antes de estudiarla con cuidado, suplementando la luz de la luna con mi linterna.

A diferencia de las otras grandes piedras, esta era un cubo perfecto, sin superficies convexa o cóncava. Parecía, también, ser de oscura sustancia basáltica, del todo distinta al granito, la arenisca o el ocasional cemento de los ya familiares restos.

Repentinamente me incorporé, me di la vuelta y corrí hacia el campamento a toda velocidad. Fue una fuga completamente inconsciente e irracional, y solo cuando estuve cerca de mi tienda comprendí del todo por qué había salido corriendo. Fue entonces cuando caí en la cuenta. La extraña piedra oscura era algo que yo había soñado y leído, y que había ligado con los supremos horrores de las tradiciones inmemoriales.

Era uno de los bloques de la arcaica sillería basáltica a la que la Gran Raza tenía tanto miedo; las ruinas, altas y sin ventanas, dejadas por esos acechantes y semimateriales seres alienígenas que pululaban en los abismos interiores de la Tierra, y contra cuyas fuerzas ventosas e invisibles habían sido selladas las trampillas y apostados centinelas alertas.

Estuve despierto toda la noche, pero al alba comprendí cuán estúpido había sido al dejar que la sombra de un mito se apoderase de mí. A pesar del espanto, debiera haber sentido el entusiasmo de un descubridor.

A media mañana hablé a los otros de mi hallazgo, y Dyer, Freeborn, Boyle, mi hijo y yo mismo fuimos a buscar aquel bloque anómalo. No nos fue posible encontrarlo, sin embargo. No me había hecho una idea clara de la localización de la piedra y un viento posterior había alterado por completo los médanos de arena movediza.

VI

Llegamos a la parte crucial y más difícil de mi relato, tanto más cuanto no puedo jurar que sucediera de veras. A veces estoy desasosegadamente seguro de no haber estado soñando o alucinado, y es ese sentimiento, dadas las prodigiosas implicaciones que la realidad de mi experiencia pueden tener, lo que me mueve a escribir este informe.

Mi hijo —un psicólogo con experiencia, con el mayor y más cercano de los conocimientos acerca de mi caso— será el primero en juzgar lo que tengo de decir.

He de trazar primero los perfiles externos del asunto, tal y como los conoce la gente del campamento. Durante la noche del 17 al 18 de julio, después de un día ventoso, me retiré temprano, pero no pude dormir. Levantándome poco antes de las once, afligido, como era habitual, por ese extraño sentimiento tocante a los territorios del noreste, me lancé a uno de mis típicos paseos nocturnos, cruzándome y saludando solo a una persona —un minero australiano llamado Tupper— al salir de nuestras instalaciones.

La luna, recién pasada la fase de llena, brillaba en un cielo claro y cubría las antiguas arenas con una radiación blanca y leprosa que me pareció, de alguna forma, infinitamente maligna. Ya no había vientos, ni los habría durante las siguientes cinco horas, como atestiguaran sin dudar Tupper y otros que me vieron caminar con rapidez a través de los montículos pálidos y misteriosos, rumbo al noreste.

Alrededor de las 3,30 de la madrugada se alzó un viento violento, despertando a todos los del campamento y abatiendo tres de las tiendas. El cielo seguía despejado y el desierto aún resplandecía con esa leprosa luz de luna. Al revisar las tiendas notaron mi ausencia, pero, en vista de mis paseos previos, tal circunstancia no despertó alarma. Y aun así, al menos tres de los hombres —australianos todos— parecieron sentir algo siniestro en el aire.

Según explicó Mackenzie al profesor Freeborn, aquel era un miedo adquirido a partir del folclor de los negros, ya que los nativos habían tramado una curiosa urdimbre, de mitos maléficos, en torno a los grandes vientos que, muy de vez en cuando, corrían por las arenas bajo cielos limpios. Tales vientos, se murmuraba, soplaban desde las grandes cabañas de piedra, bajo el suelo, en las que habían sucedido cosas terribles, y nunca se sentían en ningún lado que no fueran sitios cercanos a donde se encontraban dispersas las grandes piedras con marcas. Hacia las cuatro, el temporal remitió de forma tan repentina como había comenzado, dejando colinas de arena de nuevas y desconocidas formas.

Fue apenas pasadas las cinco, con la luna inflada y fungosa declinando hacia el oeste, cuando entré dando traspiés en el campamento, sin sombrero, la ropa hecha jirones, las facciones retorcidas y ensangrentadas, y sin mi linterna. La mayoría de los hombres habían vuelto a la cama, pero el profesor Dyer estaba fumándose una pipa a las puertas de su tienda. En vista de mi estado nervioso y casi frenético, llamó al doctor Boyle y, entre ambos, me llevaron al lecho y me pusieron cómodo. Mi hijo, que se levantó al sentir el revuelo, se les unió enseguida y los tres trataron de que me quedase tumbado y tratase de dormir.

Pero no pude conciliar el sueño. Mi estado psicológico era de lo más extraordinario, distinto a todo lo que hasta entonces hubiera sufrido. Después de un tiempo, insistí en hablar, explicando nerviosa y elaboradamente por qué me encontraba en tal estado. Les dije que había sentido fatiga y que me había tendido en las arenas para echar una cabezada. Tuve, según les dije, sueños aún más espantosos de lo normal, y cuando me desperté en mitad del repentino ventarrón, mis tensos nervios habían saltado. Había huido presa del pánico, tropezando con frecuencia con piedras medio enterradas, lo cual explicaba mi aspecto sucio y harapiento. Debía haber dormido largo rato, en vista de las horas que había estado fuera.

No di indicio alguno de haber visto o experimentado nada extraño, mostrando el mayor autocontrol en tal aspecto. Pero hablé de un cambio de objetivo en lo tocante a todo el trabajo de la expedición, e insté a detener todas las excava-

ciones al noreste. Mis razonamientos eran visiblemente ende-
bles, ya que hablé de escasez de bloques, de la necesidad de
no ofender a los supersticiosos mineros, de un posible recor-
te de fondos por parte de la Universidad y de otras cosas igualmente inciertas e irrelevantes. Desde luego, nadie prestó la
menor atención a mis deseos... ni siquiera mi hijo, cuya preocupación por mi estado de salud era patente.

Al día siguiente estaba en pie y rondando el campamento, pero no tomé parte en las excavaciones. Viendo que no
podía detener los trabajos, resolví volver a casa tan pronto
como me fuera posible, por el bien de mis nervios, y mi hijo
me aseguró que me llevaría en el avión a Perth —a unos mil
kilómetros al suroeste— tan pronto como hubiera terminado
de inspeccionar la zona que yo deseaba dejar intacta.

Llegué a la conclusión de que, si lo que yo había encontrado se hallaba aún visible, siempre podía intentar alertar con
datos, aun a riesgo de hacer el ridículo. Pero había una oportunidad de que los mineros, que conocían el folclor local,
pudieran respaldarme. Sin tomarme en serio, mi hijo hizo la
inspección esa misma tarde, volando sobre el terreno que
pudiera haber cubierto mi paseo. Pero nada de lo que había
yo descubierto era ya visible.

Tal había sucedido con todos aquellos anómalos bloques
de basalto; las movedizas arenas habían borrado toda traza. Por
un instante casi lamenté haber perdido cierto objeto espantoso en mi precipitada fuga, pero ahora creo que tal pérdida fue
una bendición. Aún puedo creer que todo lo que me sucedió
es una ilusión, especialmente si, como deseo ansiosamente,
nunca se llega a descubrir ese infernal abismo.

Wingate me llevó a Perth el 20 de julio, aunque declinó
dejar la expedición y volver a casa. Se quedó conmigo hasta
el 25, cuando zarpó el vapor para Liverpool. Ahora, en el
camarote del *Empress*, estoy pensando larga y frenéticamente

sobre todo este asunto, y he decidido que mi hijo, al menos, debe ser informado. Él debe tener esto hasta que desee darle más amplia difusión.

Por si acaso me sucediera algo, he preparado este resumen de los antecedentes —que ya otros conocen de forma fragmentaria—, y ahora hablaré, lo más brevemente posible, de lo que al parecer me ocurrió durante mi ausencia del campamento esa noche espantosa.

Al borde del colapso nervioso y empujado a una especie de perversa ansiedad, por obra de esa necesidad, inexplicable, teñida de miedo y reminiscente, que me empujaba hacia el noreste, anduve laboriosamente bajo la maligna y ardiente luna. Aquí y allá, medio tapados de arena, veía aquellos primigenios bloques ciclópeos, provenientes de indescriptibles y olvidados eones.

La incalculable edad y el horror acechante de ese monstruoso desierto comenzaba a oprimirme como nunca antes, y no pude dejar de pensar en mis sueños enloquecidos, en las espantosas leyendas que había detrás de los mismos y en los temores de nativos y mineros en lo tocante al desierto y sus piedras talladas.

Y, aun así, avanzaba fatigosamente, como si me dirigiera a alguna cita fantasmal, asaltado cada vez más por desconcertantes fantasías, compulsiones y seudomemorias. Pensé en algunos de los contornos, supuestos, de líneas de piedras que mi hijo había visto desde el aire, y me pregunté por qué me parecían, a un tiempo, tan ominosas y tan familiares. Algo estaba arañando y golpeteando en los márgenes de mi memoria, mientras que otra fuerza desconocida trataba de mantener ese portal intacto.

Era una noche sin viento, y la pálida arena se ondulaba como inmóviles olas de un mar. Vagaba sin meta, pero algo parecía empujarme hacia un destino fijado. Mis sueños irrumpían en el mundo vigil, por lo que cada piedra, hundida en las arenas, parecía parte de interminables estancias y corredores de sillería prehumana, tallada y cubierta de jeroglíficos, que yo tan bien conocía de mis años de mente cautiva con la Gran Raza.

En algunos momentos creía ver a aquellos omniscientes y cónicos horrores enfrascados en sus tareas habituales, y tuve miedo de mirar hacia abajo y ver que mi aspecto era el de uno de ellos. A un tiempo, veía los bloques cubiertos de arena y las estancias y corredores; la maligna y ardiente luna y las lámparas de cristal luminoso; el interminable desierto y los ondulantes helechos más allá de la ventana. Estaba despierto y soñando al mismo tiempo.

No sé hasta dónde o cuán lejos —o ni siquiera en qué dirección— había caminado cuando, por primera vez, vi el montón de bloques descubiertos por el viento nocturno. Era el mayor grupo, concentrado en un solo lugar, que nunca hubiera visto, y me impresionó tanto que las visiones de los fabulosos eones se desvanecieron de golpe.

De nuevo estaban, solamente, el desierto, la maligna luna y los fragmentos de un insospechado pasado. Me acerqué y me detuve, antes de pasear la luz de mi linterna sobre la derrumbada pila. Un montículo de arena se había dispersado, exponiendo una mole circular, baja e irregular, de bloques y fragmentos menores, de unos doce metros de diámetro, y entre sesenta centímetros y dos metros de altura.

Desde el primer momento comprendí que había algo completamente nuevo en esas piedras. No se trataba tan solo del simple número, hasta ahora sin precedentes, sino que había algo en los diseños, erosionados por el viento, que cubrían los restos que prendió mi atención y me hizo estudiarlos bajo los mezclados rayos de la luna y de mi linterna.

No pude encontrar ninguna diferencia esencial con los primeros bloques que habíamos hallado. Era algo más sutil que todo eso. No pude verlo hasta que, en vez de mirar bloque a bloque, dejé que mis ojos se pasearan por varios a la vez. Entonces, al fin, comprendí la verdad. Los diseños curvilíneos, de muchos de esos bloques encajaban; eran parte de un vasto grupo decorativo. Por primera vez, en ese baldío arrasado por la edad había topado con una mole de sillería en su antigua disposición... derrumbada y fragmentaria, es cierto, pero al menos aún existiendo en forma definida.

Subiendo por la parte baja, trepé laboriosamente sobre la masa, aclarando, aquí y allá, la arena con mis propios dedos y tratando sin cesar de interpretar las variedades de tamaño, forma y estilo, así como las relaciones entre diseños.

Tras un momento, pude suponer vagamente la naturaleza de la desaparecida estructura y los motivos que una vez cubrieron la inmensa superficie de primigenia albañilería. La perfecta identidad del conjunto con algunas de las cosas que había visto en sueños me aturdió y enervó.

Todo eso había sido un día un ciclópeo corredor de diez metros de ancho y otros tantos de alto, pavimentado con bloques octogonales y sólidamente abovedado. Había habido habitaciones abriéndose a la derecha, y, al fondo, uno de aquellos extraños planos inclinados llevando a profundidades aún mayores.

Me sobresalté violentamente cuando todos esos conceptos brotaron dentro de mí, porque había más información de la que podían aportar los bloques. ¿Cómo sabía yo que ese nivel debía haber estado muy profundo? ¿Cómo sabía que la rampa que llevaba arriba tenía que haber estado a mis espaldas? ¿Cómo sabía yo que el largo pasaje subterráneo que conducía a la plaza de las Columnas debía estar a la izquierda, a un nivel por encima?

¿Cómo sabía que la habitación de la maquinaria y el túnel que llevaba directamente a los archivos centrales debía estar dos niveles abajo? ¿Cómo sabía que allí debía estar uno de esas horribles trampillas cerradas con bandas de metal, al fondo, cuatro niveles más abajo? Aturdido por esa invasión del mundo onírico, me encontré estremecido y bañado en sudor frío.

Entonces, como en un último e insoportable golpe, sentí la débil e insidiosa corriente de aire fresco que soplaba desde algún lugar más bajo cerca del centro del gran montón. Instantáneamente, como antes, mis visiones se esfumaron y, de nuevo, tan solo vi la maligna luz de la luna, el acechante desierto y los desparramados túmulos de albañilería paleógena. Algo real e intangible, aunque cargado de una infinita sugestión de misterio oscuro, se hallaba enfrente de mí, ya que la corriente de aire frío solo podía significar una cosa: que había una oculta sima, de gran tamaño, bajo los desordenados bloques de la superficie.

Mi primer pensamiento fue para las siniestras leyendas de los negros acerca de inmensas chozas subterráneas situadas entre los megalitos, donde se albergaba el horror y nacían los grandes vientos. Entonces pensé en mis propios sueños y sentí débiles seudomemorias tironeando de mi mente. ¿Qué clase de lugar se hallaba ahí abajo? ¿Qué primigenia e inconcebible fuente de arcaicos ciclos míticos y acechantes pesadillas podía estar a punto de descubrir?

Dudé solo un momento, ya que la curiosidad y el afán científico estaban apoderándose de mí y luchando con mi creciente miedo.

Parecía que me movía casi automáticamente, como empujado por algún destino irresistible. Echándome la linterna al bolsillo y forcejeando con una fuerza que no creí que pudiera poseer, desplacé un titánico fragmento de piedra, y después otro, hasta que abrí paso a una fuerte corriente de aire, cuya humedad contrastaba de forma extraña con el aire seco del desierto. Comenzó a aparecer una negra brecha y, al cabo —una vez hube desplazado todos los fragmentos lo suficientemente pequeños—, la leprosa luz de luna alumbró una abertura lo suficientemente amplia como para permitirme pasar.

Saqué la linterna y arrojé un resplandeciente rayo por esa boca. Abajo se abría un caos de sillería derrumbada que descendía hacia el norte, con un ángulo de alrededor de 45 grados, y que era, evidentemente, el resultado de algún antiguo desplome de pisos superiores.

Entre su superficie y el nivel del suelo se hallaba un abismo de impenetrable negrura, en cuyo borde superior había señales de un abovedado gigantesco y destrozado. En ese punto, al parecer, las arenas del desierto cubrían directamente el suelo de alguna titánica estructura de la juventud de la Tierra... Cómo podía haber sobrevivido a lo largo de convulsiones geológicas es algo que ni entonces ni ahora me atrevo a suponer.

Pensándolo fríamente, la descarnada idea de realizar un repentino y solitario descenso por una sima como esa —y más cuando ningún ser viviente conocía mi paradero— no parece sino la locura más extrema. Quizá lo fue, pero esa noche acometí la aventura sin dudar un instante.

He de decir de nuevo que fue como si el señuelo y la atracción de la fatalidad hubieran dirigido mis pasos. Encendiendo la linterna a intervalos para ahorrar pila, comencé una loca bajada por esa siniestra y ciclópea rampa que había bajo la abertura, mirando a veces en busca de asideros para pies y manos, y en otras ocasiones girándome hacia el montón de megalitos, mientras me agarraba y tanteaba de forma precaria.

A ambos lados, lejanos muros de sillería cincelada y derruida asomaban débilmente a la luz de mi linterna. Delante, no obstante, no tenía sino la negrura impenetrable.

Perdí la noción del tiempo durante mi descenso. Mi mente hervía con tal cantidad de suposiciones e imágenes desconcertantes que todo parecía haberse convertido en algo incalculablemente lejano. No tenía nociones físicas, e incluso el miedo parecía una gárgola quieta y fantasmal que me acechase impotente.

Por fin, llegué a un suelo cubierto de bloques caídos, informes fragmentos de piedra, y arenas y detritus de todas las clases posibles. A cada lado —quizá a unos diez metros— se alzaban muros masivos, culminados por inmensos espigones. Podía ver con dificultad que estaban esculpidos, pero no me era posible distinguir la naturaleza de tales tallas.

Lo que más me imponía era el abovedado. Los rayos de mi linterna no podían tocar el techo, pero las partes más bajas de los monstruosos arcos resultaban visibles. Y eran tan iguales a lo que yo había visto en incontables sueños, sobre el mundo arcaico, que me estremecí por primera vez.

Atrás y arriba, un débil manchón luminoso me hablaba del lejano mundo exterior, iluminado por la luna. Algún débil resto de precaución me avisó de no perderlo de vista para usarlo como referencia para mi regreso.

Me desplacé hacia el muro de la izquierda, donde los rastros de esculturas eran más patentes. El suelo lleno de escombros era casi tan difícil de atravesar como el derrumbe que había usado para descender, pero me las ingenié para abrirme paso.

En cierto lugar desplacé algunos bloques y barrí los detritos para observar cómo era el pavimento, y me estremecí ante la familiaridad, terrible y completa, de las grandes piedras octogonales, cuyas superficies cortadas aún encajaban toscamente.

Acercándome al muro, lancé la luz de la linterna lenta y cuidadosamente sobre aquellos castigados restos de tallas.

Algún antiguo influjo del agua parecía haber obrado sobre la superficie de arenisca, y había curiosas incrustaciones que no fui capaz de explicar.

En ciertos lugares la sillería estaba suelta y muy castigada, y me pregunté cuántos eones podía ese edificio primigenio y oculto haber mantenido su resto de forma entre las convulsiones terrestres.

Pero fueron las tallas las que más me llamaron la atención. Pese al castigo del tiempo, la completa y total familiaridad de cada detalle casi me anonadaron. Que los atributos más sobresalientes de esa añosa arquitectura me fueran familiares no era algo que resultase increíble.

Impactando de forma poderosa en los entramados de ciertos mitos, habían acabado por incorporarse a la corriente de saber oculto que, de alguna forma, yo había llegado a conocer durante mi periodo de amnesia, lo que había hecho que evocasen vívidas imágenes en mi mente subconsciente.

¿Pero cómo explicar la forma exacta y al detalle en que cada línea y cada espiral de esos extraños diseños concordaba con lo que había soñado durante un montón de años? ¿Qué oscura y olvidada iconografía podía reproducir cada uno de esos sutiles matices y tonos que de forma tan persistente, igual e invariable habían estado asediando mis visiones oníricas noche tras noche?

Porque no se podía considerar aquello como un recuerdo difuso. Aquellos corredores, milenariamente antiguos, ocultos durante eones, en los que me hallaba eran, definida y absolutamente, el origen de algo que yo sabía un sueño y me resultaban tan cotidianos como mi propia casa en Crane Street, Arkham. Es cierto que mis sueños mostraban aquel lugar antes de su decadencia, pero su identidad no era menos real por tal motivo. Mi orientación allí dentro era completa y horrible.

La estructura particular en la que yo me hallaba me era conocida. Como conocido me era su lugar en esta terrible ciudad primigenia de mis sueños. Sabía, con odiosa e instintiva certeza, que podía visitar sin equivocarme cada punto de esa estructura o de esa ciudad que hubieran escapado a los cambios y las devastaciones durante incontables edades. ¿Qué podía significar todo eso, en nombre de Dios? ¿Cómo había llegado a saber lo que sabía? ¿Y qué espantosa realidad podía subyacer a esos antiguos relatos sobre seres que habían morado en ese laberinto de piedra primordial?

Las palabras solo pueden registrar parcialmente la mezcolanza de miedo y confusión que devoraba mi espíritu. Yo conocía aquel lugar. Sabía lo que había bajo mis pies y lo que había habido encima antes de que la multitud de pisos altos se hubieran convertido en polvo, escombros y desierto. Ya no necesitaba, pensé con un estremecimiento, mantenerme a la vista del débil resplandor de la luna.

Me sentía desgarrado entre un deseo de huir y una febril mezcla de ardiente curiosidad y fatalidad ineludible. ¿Qué había sucedido en esa monstruosa megalópolis de vejez, durante los millones de años transcurridos desde la época de mis sueños? De los laberintos subterráneos bajo la ciudad, que unían las titánicas torres, ¿cuántos habían sobrevivido a las sacudidas de la Tierra?

¿Me había topado con todo un mundo enterrado de impía antigüedad? ¿Podría aún encontrar la casa del maestro escriba y la torre en donde S'gg'ha, la mente cautiva de los vegetales con cabeza de estrella y carnívoros de la Antártida, había cincelado ciertas imágenes en los espacios desnudos de las paredes?

¿Estaría el pasaje al segundo nivel de abajo, que llevaba al salón de las mentes cautivas, aún abierto y transitable? En ese salón, la mente cautiva de una increíble entidad —un habitante semiplástico del profundo interior de un desconocido planeta trasplutónico, de 18 millones de años en el futuro— había guardado cierto objeto modelado por él mismo en arcilla.

Cerré los ojos y me llevé las manos a la cabeza, en un vano y lamentable intento de apartar esos locos fragmentos oníricos de mi conciencia. Y, por primera vez, sentí de forma aguda la frialdad, el movimiento y la humedad del aire circundante. Estremecido, comprendí que una gran cadena de simas, muertas desde hacía eones, debían abrirse más allá y debajo de mí.

Pensé en las espantosas estancias y en los corredores y en los planos inclinados, tal como los recordaba de mis sueños. ¿Estaría aún abierto el camino a los archivos centrales? De nuevo esa fatalidad ineludible arrastraba insistentemente de mi cerebro, mientras recordaba los espantosos registros que una vez habían estado guardados en esas hornacinas rectangulares de metal inoxidable.

Allí, según los sueños y las leyendas, había estado depositada la historia completa, pasada y futura, de nuestro continuo espacio-temporal, escrita por mentes cautivas, procedentes de cada planeta y cada era del sistema solar. Era locura, por supuesto... ¿pero, no iba yo dando tumbos por un mundo oscuro tan loco como yo?

Pensé en los estantes cerrados de metal y en los curiosos pomos retorcidos, necesarios para abrirlos. El mío propio me vino con gran fuerza a la cabeza. ¡Cuán a menudo había realizado la intrincada rutina de los varios giros y presiones en la sección de los vertebrados terrestres del más bajo nivel! Cada detalle me resultaba reciente y familiar.

De haber una cripta como la que yo soñaba, podría abrirla en un instante. Fue entonces cuando me sumí por completo en la locura. Un instante después estaba brincando y tropezando sobre los restos rocosos, buscando el plano inclinado, que tan bien recordaba y que llevaba hacia abajo.

VII

Desde ese momento en adelante mis impresiones solo pueden ser consignadas —de hecho, aún tengo una esperanza, desesperada y final, de que todo fuese parte de algún sueño o ilusión demoníaca, nacidos del delirio. Una fiebre atacaba mi mente y todo me llegaba a través de brumas— a veces de modo intermitente.

Los rayos de mi linterna alumbraban débilmente la negrura devoradora, dando fantasmales atisbos de muros y esculturas odiosamente familiares, todos ellos destrozados por una decadencia de eras. En cierto lugar, una tremenda masa de abovedado había caído, por lo que tuve que trepar sobre un gran montón de piedras que casi tocaban el techo, quebrado y grotescamente cubierto de estalactitas.

Fue la postrer cumbre de la pesadilla, empeorado aún más por el blasfemo tirón del seudorrecuerdo. Tan solo una cosa no me resultaba familiar, y eso era mi propio tamaño, en comparación con la monstruosa albañilería. Me sentía agobiado por un sentido de indeseable pequeñez, como si la visión de esos muros gigantescos fuera, para un simple cuerpo humano, algo completamente nuevo y anormal. Una y otra vez me miraba nerviosamente, vagamente perturbado por mi propia forma humana.

Avanzando a través de la negrura del abismo, brinqué, me sumí y di tumbos, cayendo y contusionándome a menudo, y una vez estando en un tris de romper mi linterna. Cada piedra y cada esquina de ese abismo demoníaco me eran conocidas, y en muchos puntos me detenía a enfocar mi luz a través de arcadas hundidas y ruinosas, y sin embargo familiares.

Algunas estancias se habían derrumbado por completo, otras estaban desnudas o cubiertas de escombros. En unas pocas vi masas de metal —unas intactas, otras rotas y algunas aplastadas o desmoronadas— que reconocí como los colosales pedestales o mesas de mis propios sueños. Pero no me atreví a suponer qué debían haber sido en realidad.

Encontré la rampa y comencé a bajar, aunque al poco me detuve en una sima rota y bostezante, que en su punto más angosto debía medir alrededor de un metro veinte. Allí la sillería se había derrumbado, revelando incalculables profundidades, negras como la tinta.

Supe que había dos niveles aún inferiores en ese edificio titánico, y temblé, lleno de nuevo pánico, al recordar las trampillas selladas del más profundo de ellos. No había guardias ahora, ya que lo que acechaba debajo hacía mucho que había culminado su odiosa misión, antes de sumirse en una larga decadencia. En la época de la raza de escarabajos poshumanos se habrían extinguido. Pero entonces, al pensar en las leyendas de los aborígenes, temblé de nuevo.

Me costó un esfuerzo terrible salvar la bostezante grieta, ya que el suelo escombrado impedía saltar a la carrera, pero la locura me hizo proseguir. Escogí un lugar cercano al muro de la izquierda —donde la brecha era más estrecha y el suelo razonablemente limpio de restos peligrosos—, y después de un momento frenético llegué al otro lado a salvo.

Al cabo alcancé el nivel inferior y, tropezando, pasé la arcada del cuarto de máquinas, en cuyo interior había fantásticos restos de metal, medio enterrados por el derrumbe de la bóveda. Todo estaba donde yo recordaba, y trepé sin dudar sobre los escombros que obturaban la entrada de un gran corredor transversal. Aquel, comprendí, me llevaría, por debajo de la ciudad, hasta los archivos centrales.

Edades interminables parecieron transcurrir mientras tropezaba, saltaba y me arrastraba a través del pasillo lleno de escombros. De vez en cuando podía ver tallas en los muros mancillados por la edad... unas familiares, otras, al parecer, añadidas con posterioridad al periodo de mis sueños. Dado que era un subterráneo que comunicaba moradas, no había arcada alguna, excepto allí donde la ruta llevaba a través de los niveles más bajos de los varios edificios.

En algunas de esas intersecciones me desvié lo bastante como para ver pasadizos y estancias que recordaba harto bien. Solo un par de veces encontré radicales diferencias con respecto a lo que había soñado; y en uno de tales casos pude encontrar tapiada la arcada que yo recordaba.

Me estremecí violentamente, sintiendo un curioso brote de debilidad, mientras atravesaba, a un tiempo presuroso y reacio, la cripta de una de esas grandes torres, sin ventanas y ruinosas, cuya alienígena sillería basáltica delataba un horrible origen.

Aquella cripta primigenia era redonda y tenía sus buenos treinta metros de diámetro, pero no había talla alguna en sus muros oscurecidos. El suelo estaba libre aquí de todo, excepto de polvo y arena, y pude ver los portales que llevaban arriba y abajo. No había escaleras ni planos inclinados; y, en efecto, en mis sueños se me habían aparecido esas arcaicas torres como intactas por parte de la fabulosa Gran Raza. Aquellos que la habían construido no necesitaban escaleras o rampas.

En mis sueños, la abertura que llevaba abajo estaba sellada por completo y nerviosamente guardada. Ahora estaba abierta... negra y bostezante, y dejando escapar una corriente de aire fresco y húmedo. No me permití pararme a pensar en qué ilimitadas cavernas de noche eterna podían hallarse detrás.

Más tarde, arrastrándome a través de una sección casi bloqueada del corredor, llegué a un lugar donde el techo había cedido por completo. Los escombros se alzaban como una montaña y tuve que trepar, pasando a través de un espacio inmenso y vacío donde mi luz no logró encontrar muros ni bóvedas. Aquel, supuse, debía ser el sótano de la casa de los proveedores de metal, enfrente de la tercera plaza y no lejos de los archivos. No pude llegar a suponer qué podía haber sucedido.

Salí de nuevo al corredor, más allá de la montaña de restos y roca, pero al cabo de poco llegué a un lugar que estaba completamente bloqueado y donde los restos de bóvedas hundidas casi tocaban el techo, peligrosamente inestable. Cómo me las arreglé para arrastrar y desplazar los bloques lo bastante como para abrir un paso, y cómo me atreví a remover esos restos tan prietamente encajados, cuando el menor cambio de equilibrio podía hacer que las toneladas de sillería sustentada me aplastasen, es algo que no sé.

Era completa locura lo que me empujaba y guiaba... si es que de hecho, como espero, toda mi aventura subterránea fue... un espejismo infernal o una fase del sueño. Pero lo cierto es que abrí, o soñé que abría, un pasadizo a través del que pude escabullirme. Mientras me retorcía sobre las montañas de escombros —con la linterna, apuntando adelante, sujeta entre los dientes— me sentí lacerado por las fantásticas estalactitas del quebrado piso superior.

Ahora me encontraba cerca de las grandes estancias de los archivos subterráneos, que parecían ser mi meta. Deslizándome y trepando por el extremo más alejado de la barrera, abriéndome paso a través de lo que quedaba de pasillo, lanzando rayos intermitentes de linterna, ahora de nuevo en mi mano, llegué por fin a una cripta baja y circular con arcadas —aún en maravilloso estado de conservación— que se abrían a cada lado.

Los muros, o las partes del mismo que quedaban dentro del alcance de la linterna, estaban densamente cubiertas de jeroglíficos y talladas con los típicos símbolos curvilíneos, algunos de ellos añadidos después de la época de mis sueños.

Aquel, comprendí, era mi destino señalado, así que giré en una arcada, que me resultaba muy familiar, hacia la izquierda. Extrañamente, tenía pocas dudas de poder encontrar una rampa despejada que llevase a todos los niveles supervivientes, superiores o inferiores. Aquella edificación, inmensa y protegida por la tierra, que albergaba los anales del sistema solar, había sido construida con suprema habilidad y poderío bastante como para durar tanto como el sistema mismo.

Bloques de prodigioso tamaño, encajados con genio matemático y unidos mediante cementos de fuerza increíble, se habían combinado para formar una masa tan firme como el pétreo corazón del planeta. Allí, después de tantas edades que no podía pensar en ellas sin perder la cabeza, esa mole enterrada mantenía todos sus contornos, con los inmensos suelos polvorientos casi intactos a los escombros que se encontraban por doquier.

Lo relativamente fácil que resultó a partir de ahí el tránsito obró de forma curiosa sobre mí. La frenética ansiedad, hasta entonces frustrada por los obstáculos, dejó paso a una especie de prisa febril, de forma que eché a correr, literalmente, a través de las naves de techo bajo, situadas más allá de la arcada, que tan monstruosamente bien recordaba.

Yo estaba más que atónito por lo familiar que me resultaba cuanto veía. A cada lado las grandes puertas de los estantes se alzaban de forma monstruosa, cubiertas de jeroglíficos; algunas aún en su lugar, otras abiertas y algunas torcidas y dobladas por alguna vieja sacudida geológica que no había sido capaz de abatir la titánica sillería.

Aquí y allá, algún bulto cubierto de polvo, bajo algún estante abierto y vacío, parecía señalar dónde las cajas habían sido derribadas por los temblores terrestres. En ciertas columnas había grandes símbolos y letras, indicando las clases y subclases a las que pertenecían los volúmenes.

Una vez me detuve ante un compartimiento abierto y vi que había aún algunas cajas de metal en su posición, entre el omnipresente polvo terroso. Acercándome, liberé una de las más delgadas, con cierta dificultad, y la deposité en el suelo para inspeccionarla. Mostraba los jeroglíficos curvilíneos de rigor, aunque algo en la disposición de los caracteres parecía ligeramente fuera de lo habitual.

El extraño mecanismo de cierre me era perfectamente conocido, y manipulé aquella tapa, aún operativa y sin sombra de óxido, para sacar el libro que contenía. Este último, como esperaba, tenía unos cuarenta centímetros cuadrados, y unos cinco de grueso, con delgadas pastas de metal que se abrían por arriba.

Sus recias páginas celulosas parecían intactas a la multitud de ciclos de vida que habían conocido, y yo estudié las letras extrañamente pigmentadas, trazadas a pincel, del texto —símbolos diferentes a los habituales jeroglíficos curvos o a cualquier alfabeto humano conocido por los estudiosos humanos— con recuerdos acechantes y medio conscientes.

Se me vino a la cabeza que aquel era el lenguaje que usaba una mente cautiva a la que conocí de pasada en mis sueños; una mente originaria de un gran asteroide, en el que había sobrevivido gran parte de la vida arcaica y el saber del primigenio planeta del que se había desgajado. También, entonces, recordé que aquel nivel de archivos estaba destinado a los volúmenes de los planetas no terrestres.

Cuando aparté los ojos de ese increíble documento, descubrí que la luz de mi linterna se estaba debilitando, así que cargué con rapidez la pila de repuesto que llevaba siempre conmigo. Luego, pertrechado con esa luz más potente, retomé mi febril carrera a través de interminables marañas de naves y corredores, reconociendo aquí y allá algunos estantes familiares, y desconcertado de forma vaga por las condiciones acústicas que hacían que mis pisadas resonasen de forma incongruente en esas catacumbas.

Las mismas pisadas que iban dejando mis pies en un polvo que había permanecido intacto durante milenios me hacían estremecer. Nunca antes, si mis locos sueños tenían algo de verdad, pie humano alguno había hollado esos pavimentos inmemoriales.

No tenía conciencia alguna de cuál podía ser, en concreto, la meta de mi loca carrera. Alguna fuerza de maligna potencia, empero, tiraba de mi aturdida voluntad y de mi soterrada memoria, de forma que sentía, vagamente, que no corría al azar.

Llegué a una rampa de bajada y, a través de ella, descendí a profundidades aún mayores. Los pisos pasaban a la carrera, pero no me detuve a explorar ninguno. En mi agitado cerebro había comenzado a batir cierto ritmo que hacía que mi mano se contorsionase al unísono. Quería abrir algo y sentía que sabía todos los intrincados giros y presiones necesarios para hacerlo. Sabía que era algo así como una moderna caja fuerte con combinación.

Se tratase de sueño o no, lo había conocido una vez y aún lo conocía. No traté de explicarme cómo un sueño —o restos de leyendas absorbidas inconscientemente— podía habermelo enseñado un detalle tan preciso, enrevesado y completo. Me encontraba ya más allá de todo pensamiento coherente. ¿Acaso no estaba toda esa experiencia —toda esa estremecedora familiaridad con un grupo de ruinas desconocidas, y la monstruosa concordancia de todo cuanto aparecía ante mis ojos con lo que me habían dejado entrever los sueños y los retazos de mitos— más allá de la razón?

Probablemente, entonces, mantenía la convicción básica —como la mantengo ahora en mis momentos más cuerdos— de que no estaba despierto del todo y de que toda la ciudad enterrada era un fragmento de alucinación febril.

Al cabo, llegué al nivel más bajo y salí por la derecha de la rampa. Por algún oscuro motivo intenté que mis pasos no resonasen, aún al precio de perder velocidad. Había allí un lugar, en esa planta final y más profunda, que me daba miedo cruzar.

Al acercarme, recordé por qué temía aquel espacio. Se trataba tan solo de una de aquellas trampillas barradas y fuertemente custodiadas. No había centinelas ya y, en aquella tesitura, temblé y pasé de puntillas, tal y como lo había hecho al cruzar la bóveda de basalto negro que contenía una trampilla similar.

Sentí una corriente de aire fresco y húmedo, tal y como lo había sentido antes, y deseé que mi ruta fuese en otra dirección. No sabía por qué tenía que tomar esa dirección en particular.

Al llegar a su altura vi que la trampilla estaba abierta de par en par; delante, los estantes comenzaban de nuevo y pude ver que en el suelo había una pila ligeramente cubierta de polvo, allí donde cierto número de cajas había caído hacía no mucho. En ese mismo instante una nueva ola de pánico se apoderó de mí, aunque durante algún tiempo no pude saber por qué.

Los montones de cajas caídas no eran algo infrecuente, ya que durante eones ese laberinto en sombras se había visto sacudido por las convulsiones de la Tierra y había retumbado, a intervalos, con el ensordecedor estruendo de los objetos que caen. Fue solo cuando estuve más cerca, cruzando el lugar, que comprendí qué era lo que me hacía estremecer tan violentamente.

No era la pila y sí algo respecto al polvo del suelo lo que me preocupaba. Al resplandor de la linterna era como si ese polvo no estuviera como debiese... había lugares en que la capa era muy delgada, como si alguien hubiera pasado por allí hacía no muchos meses. No pude cercionarme, ya que incluso en los lugares donde era más tenue había polvo, aunque cierto atisbo de regularidad en medio de su supuesta irregularidad resultaba de lo más inquietante.

Cuando enfoqué la luz de mi linterna sobre uno de aquellos extraños sitios no me gustó lo que vi, ya que la ilusión de regularidad se hizo muy fuerte. Fue como si hubiera líneas definidas de marcas, en grupos de tres, cada una de ellas de alrededor de treinta centímetros cuadrados, consistentes en cinco marcas, más o menos circulares, de unos ocho centímetros, una de ellas por delante de las otras cuatro.

Esas supuestas líneas de huellas parecían correr en dos direcciones, como si algo hubiera ido y luego vuelto. Eran, por supuesto, muy débiles y podían deberse a ilusión o accidente; pero había un elemento de terror, débil y ciego, en la forma en que se disponían. Por un lado, llegaban hasta ese montón de cajas, caído hacía no mucho, mientras que, por el otro, estaba la ominosa trampilla, con su soplo fresco y húmedo, desprotegida, dando paso a abismos inimaginables.

VIII

El hecho de que venciera el miedo muestra cuán profunda e imponente era mi compulsión. Ningún motivo racional podía haberme hecho seguir después de esa odiosa sospecha de huellas y de los reptantes recuerdos oníricos que despertaban en mí. E incluso así, mi mano derecha, aun temblando de espanto, todavía se contorsionaba rítmicamente en su ansiedad por girar un cerrojo que buscaba desesperadamente. Antes de saber qué estaba haciendo, había rebasado el montón lateral de cajas caídas y me apuraba de puntillas, a través de polvo completamente intacto, hacia un punto que yo parecía conocer morbosa y horriblemente bien.

Mi mente estaba haciéndose preguntas cuyo origen y relevancia solo estaba comenzado a suponer. ¿Sería el estante accesible a un cuerpo humano? ¿Podría mi mano humana realizar todos los movimientos, recordados después de eones, necesarios para la apertura? ¿Estaría la cerradura intacta y operativa? ¿Y qué haría... qué me atrevería a hacer... con lo que... ahora comenzaba a comprenderlo... ansiaba y temía encontrar? ¿Probaría eso la realidad, enloquecedora y espantosa, de algo que estaba más allá de cualquier concepción normal, o demostraría que tan solo estaba soñando?

Lo siguiente que supe fue que había cesado en mi carrera de puntillas y estaba plantado en silencio, mirando una línea de estantes cubiertos de jeroglíficos enloquecedoramente familiares. Se hallaban en un estado de casi perfecta conservación y solo tres de las puertas por allí cerca se habían abierto.

Mis sentimientos hacia esos estantes no pueden ser descritos, ya que la sensación de conocerlos de antes era total e insistente. Me encontraba contemplando una hilera cercana a lo alto, completamente fuera de mi alcance, y preguntándome cómo podría trepar hasta ella. Una puerta abierta a cuatro filas de altura podía ayudarme, y las cerraduras de las puertas quizá me sirvieran de asideros para manos y pies. Podía sujetar la linterna entre los dientes, como ya había hecho en otros lugares donde había necesitado ambas manos. Sobre todo, no debía hacer ruido.

Iba a ser difícil bajar lo que deseaba sacar, pero quizá podría enganchar su cierre removible en mi cuello y llevarlo como una mochila. De nuevo me pregunté si la cerradura estaría intacta. No me cabía duda alguna de que podría repetir cada movimiento, tan familiares me resultaban. Pero esperaba que no chirriase o crujiera, y que mi mano fuera lo suficientemente hábil.

Incluso mientras le daba vueltas al asunto ya me había puesto la linterna entre los dientes y comenzado a trepar. Los cerrojos sobresalientes eran pobres sustentos; pero, tal como había esperado, el estante abierto me ayudó sobremanera. Usé tanto la puerta abierta como el reborde mismo de la abertura, y me las arreglé para hacerlo sin ningún crujido excesivo.

Balanceándome en el borde superior de la puerta e inclinándome hacia la izquierda, llegué a alcanzar el cerrojo buscado. Mis dedos, medio entumecidos por el ascenso, trabajaron con torpeza al principio, aunque pude constatar que eran anatómicamente adecuados. Y el ritmo que me venía a la cabeza ayudó.

Salvando desconocidos abismos de tiempo, aquellos movimientos, intrincados y secretos, habían llegado a mi cerebro, de alguna forma, correctos hasta en los mínimos detalles; y después de menos de cinco minutos de tanteos escuché un clic cuya familiaridad me sobresaltó aún más porque no lo había anticipado conscientemente. Un momento después la puerta de metal se abrió lentamente con tan sólo el más débil rechinar.

Aturdido, observé la hilera de lomos de cajas grisáceas ahora expuestas y sentí brotar una emoción por completo inexplicable. Justo al alcance de mi diestra había una cuyos jeroglíficos curvos me provocaron una punzada de estremecimiento infinitamente más compleja que el simple miedo. Aún tembloroso, me las arreglé para liberarla entre una lluvia de copos grisáceos, y tiré de ella hacia mí sin ningún sonido fuerte.

Como las otras cajas que había manejado, tenía algo más de cincuenta por treinta centímetros de tamaño, con diseños matemáticos curvos en bajorrelieve. En grosor pasaba algo de los ocho centímetros.

Afirmándola como pude, entre la superficie por la que trepaba y mi propio cuerpo, manipulé el seguro hasta conseguir abrirlo. Abrí la tapa, me eché aquel pesado objeto a la espalda y me lo colgué del cierre al cuello. Con las manos ahora libres, descendí con dificultad hasta el suelo polvoriento y me dispuse a inspeccionar mi botín.

Arrodillándome en el polvo arenoso, giré la caja y me la puse enfrente. Mis manos temblaban y temía sacar el libro tanto cómo deseaba —o me sentía impelido— hacerlo. Poco a poco, me iba quedando claro lo que iba a encontrar, y tal comprensión casi llegó a anular mis facultades.

Si lo que buscaba estaba ahí —y si yo no estaba soñando—, las implicaciones se hallarían más allá de lo que un espíritu humano puede soportar. Lo que más me atormentaba era mi momentánea incapacidad para asumir que cuanto me rodeaba era un sueño. La sensación de realidad era espantosa... y de nuevo vuelvo a sentirla cada vez que recuerdo la escena.

Al cabo, saqué tembloroso el libro de su contenedor y observé fascinado los familiares jeroglíficos de la cubierta. Parecía encontrarse intacto, y las letras curvilíneas del título me provocaron un estado casi hipnótico en el que creí poder leerlas. Lo cierto es que no podría jurar que no llegase a leerlas, sumido en algún acceso transitorio y terrible de anormal memoria.

No sé cuanto tiempo pasó antes de que osase abrir esa tapa de metal. Me demoré e inventé excusas. Cogí la linterna de mi boca y la apagué para ahorrar batería. Entonces, en la oscuridad, me armé de coraje y acabé abriendo la tapa sin encender la luz. Luego la encendí y enfoqué sobre la página abierta, fortaleciéndome para no hacer ruido, no importa lo que pudiera encontrar.

Miré un instante, antes de ceder. Apretando los dientes, no obstante, conseguí guardar silencio. Me senté en el suelo y me puse una mano en la frente sumido en la negrura devoradora. Lo que temía y esperaba estaba allí. O estaba soñando, o el tiempo y el espacio eran una burla.

Tenía que ser un sueño, pero debía comprobar el horror sacando aquel objeto y, si era una realidad, mostrárselo a mi hijo. Mi cabeza daba vueltas espantada, aunque no había objetos dentro de la luz que pudieran girar en torno a mí. Ideas e imágenes preñadas de terrible horror —provocadas por lo que acababa de ver— se agolpaban sobre mí y nublaban mis sentidos.

Pensé en esas posibles impresiones en el polvo y temblé ante el sonido de mi propia respiración. De nuevo encendí la luz y miré la página como una víctima de serpiente puede mirar a sus destructivos ojos y colmillos.

Luego, con dedos desmañados, en la oscuridad, cerré el libro, lo puse en su caja y cerré la tapa y el curioso seguro de gancho. Aquello era lo que debía sacar al mundo exterior, si es que era real —si es que todo aquel abismo era real—, y si yo, y el mundo mismo, existíamos también.

No sabría decir cuándo me incorporé y emprendí el regreso. Se me ocurre, de forma extraña —y como una muestra de hasta qué punto me sentía distante del mundo normal—, que ni siquiera miré el reloj durante esas espantosas horas bajo tierra.

Linterna en mano, y con la ominosa caja bajo el brazo, pasé de puntillas, preso de una especie de pánico silencioso, junto al abismo, del que surgía aquella corriente de aire y las inquietantes sugerencias de pisadas. Aminoré mis precauciones mientras trepaba por la interminable rampa, pero no pude librarme de una sombra de aprensión que no había sentido en el viaje de bajada.

Temía pasar de nuevo a través de la cripta de basalto negro, que era más antigua que la propia ciudad, donde frías corrientes surgían de las profundidades desguarnecidas. Pensé en aquello a lo que la Gran Raza había temido, y en lo que podía estar aún al acecho —aun cuando fuera debilitado y agonizante— ahí abajo. Me vinieron a la cabeza esas huellas de cinco círculos y lo que mis sueños me habían dado a conocer sobre tales marcas, así como sobre los extraños vientos y sonidos sibilantes asociados a ellas. Y pensé en las leyendas de los aborígenes modernos, que habían desarrollado un horror a los grandes vientos y a las indescriptibles ruinas subterráneas.

Sabía, por un símbolo tallado en el muro, en qué piso tenía que abandonar la rampa, y al cabo —tras rebasar aquel otro libro que había examinado— llegué al gran espacio circular con el portal de la ramificación. A mi derecha, y reconocible, se hallaba el arco por el que había entrado. Por allí pasé, a sabiendas de que el resto del camino sería más arduo, debido al ruinoso estado de la sillería situada en el exterior del edificio de los archivos. Mi nueva carga, la caja de metal, me pesaba, y me resultó cada vez más difícil mantenerme tranquilo, mientras iba trastabillando entre escombros y restos de todo tipo.

Después llegué a aquel montículo de ruinas que casi llegaba al techo, por el que había abierto un somero paso. El miedo a arrastrarme de nuevo por allí era infinito, ya que la primera vez había hecho algún ruido, y ahora —luego de ver aquello que pudieran ser pisadas— temía, sobre todas las cosas, despertar sonidos. La caja también aumentaba el problema de atravesar la angosta hendidura.

Pero trepé por aquella barrera lo mejor que pude, y empujé la caja por la abertura delante de mí. Luego, la linterna en la boca, me arrastré yo también, con las estalactitas lacerándome la espalda.

Mientras trataba de coger de nuevo la caja, esta cayó a alguna distancia delante y bajando la ladera de restos, alzando un perturbador resonar y provocando ecos que me cubrieron de sudor frío. La cogí al punto y me quedé sin hacer más ruido... pero un momento después el deslizar de bloques bajo mis pies causó un estruendo repentino y sin precedentes.

Ese estrépito fue mi perdición. Ya que, con razón o sin ella, creí escuchar una respuesta terrible procedente de las áreas que había dejado atrás. Me pareció escuchar un sonido silbante y agudo, sin comparación posible con nada de la Tierra y más allá de cualquier adecuada descripción verbal. Si así fue, lo que siguió después alberga una sombría ironía, ya que, de no ser por el pánico que me provoco esto, no hubiera tenido lugar un segundo suceso.

Mi pánico fue absoluto e imposible de aplacar. Cogiendo la linterna con la mano y asiendo débilmente la caja, di un brinco y me lancé enloquecido hacia delante sin idea alguna en la cabeza, fuera de un loco deseo de salir corriendo de esas ruinas de pesadilla y emerger al mundo vigil del desierto y la luz de la luna, muy arriba de donde me hallaba.

Apenas me di cuenta de que había llegado a la montaña de escombros que se alzaba en la gran negrura, más allá del techo hundido, y me lastimé y corté en repetidas ocasiones, mientras trepaba por esa empinada ladera de bloques mellados y fragmentos.

Entonces tuvo lugar el gran desastre. Al cruzar ciegamente la cima, sin pensar en el brusco descenso que la seguía, resbalé y me vi sumido en una arrolladora avalancha de sillería en movimiento que llenó el aire de la caverna, con su estruendoso deslizar, con una ensordecedora serie de retumbantes reverberaciones.

No recuerdo cómo salí de aquel caos, pero un momentáneo fragmento de consciencia me muestra saltando, corriendo y trepando a lo largo del corredor entre el estrépito, caja y linterna aún en mano.

Luego, mientras me acercaba a la primigenia cripta de basalto que tanto temía, me atacó la locura más extrema. Ya que, mientras se apagaban los ecos de la avalancha, se hizo audible una repetición de ese espantoso y extraño silbido que había creído oír antes. Esta vez no había duda al respecto... y, lo que era peor, no procedía de ningún punto situado a mis espaldas, sino *enfrente*.

Probablemente lancé un gran grito. Tengo una velada imagen de mí mismo huyendo a través de la infernal y arcaica bóveda de basalto, escuchando cómo ese detestable sonido surgía silbante de la abierta y desconocida portilla que daba paso a la ilimitada negrura inferior. Había viento también, aunque no era ya tan solo un flujo frío y húmedo, sino ráfagas violentas y deliberadas que surgían salvajes y heladas de la misma y abominable sima de la que procedía el obsceno silbido.

Recuerdo haber ido saltando y dando tumbos sobre obstáculos de toda clase, con ese torrente de viento y sonidos gritones haciéndose más fuertes a cada instante, pareciendo rizarse y arremolinarse, con voluntad propia, a mi alrededor, según surgía perversamente de los espacios situados detrás y abajo.

Aún soplando a mis espaldas, ese viento tenía la peculiaridad de retrasar más que ayudar a mi avance, como si obrase como un lazo o garra sobre mí. Sin preocuparme del ruido que hacía, me abalancé por la gran barrera de bloques, hasta encontrarme de nuevo sobre la estructura que conducía a la superficie.

Recuerdo haber entrevisto la arcada que llevaba a la sala de máquinas y casi haber gritado cuando vi la rampa que llevaba abajo, a una de esas blasfemas trampillas que se abrían dos niveles más abajo. Pero en lugar de chillar musitaba para mis adentros, una y otra vez, que todo eso era un sueño del que pronto despertaría. Quizá me encontrase en el campamento, o quizá en mi casa de Arkham. Con tales esperanzas apuntalándome la cordura comencé a remontar la rampa hacia niveles más altos.

Sabía, por supuesto, que tenía que volver a pasar aquella brecha de más de un metro que me esperaba delante, pero estaba demasiado agobiado por otros miedos, de forma que no caí en el horror que representaba hasta que estuve casi encima de ella. En mi descenso, había sido fácil saltarla, ¿pero cómo salvar ahora aquel hueco cuando iba cuesta arriba, estorbado por el espanto, la fatiga, el peso de la caja de metal y la anormal tracción hacia atrás de ese viento demoníaco? Pensé en todo eso, en el último momento, y se me vinieron también a la cabeza las indescriptibles entidades que debían estar al acecho en los negros abismos bajo la sima.

La errática luz de mi linterna se hacía más débil, pero contaba con algún tipo de oscuro recuerdo a la hora de acercarme a la grieta. Las frías ráfagas de viento y los nauseabundos chillidos silbantes que sonaban detrás de mí resultaban en aquel momento un misericordioso opiáceo, y nublaban en mi imaginación el horror del bostezante abismo que se abría delante de mí. Pero entonces caí en la cuenta del añadido soplo y silbido que sonaban también delante... mareas de abominación que surgían de la propia sima, desde profundidades inimaginadas e inimaginables.

Fue entonces cuando la esencia de la pura pesadilla se apoderó de mí. La cordura se esfumó, e ignorando todo, excepto el impulso animal de huir, me debatí y me lancé hacia delante como si no hubiera sima alguna en aquella inclinada escombrera. Cuando alcancé el borde de la brecha, salté enloquecido, poniendo en ello hasta el último gramo que me quedaba de fuerza, y al instante me sumí en un pandemoníaco vórtice de espantoso sonido y de negrura total y materialmente tangible.

Ahí se sitúa el final de mi experiencia, hasta donde puedo recordar. Todo lo demás pertenece por completo al territorio del delirio fantasmagórico. Sueño, locura y memoria se mezclan extrañamente para dar una serie de espejismos, fantásticos y fragmentarios, que no tienen relación alguna con lo real.

Hubo una espantosa caída a través de incalculables leguas de negrura viscosa y sentiente, así como de una babel de ruidos completamente ajenos a cualquier cosa conocida por la Tierra y su vida orgánica. Se activaron sentidos dormidos y rudimentarios, dándome atisbos de simas y vacíos poblados por flotantes horrores y llevándome hasta abismos sin sol, océanos y bullentes ciudades de torres basálticas y sin ventanas sobre las que no brillaba luz alguna.

Tuve destellos de los secretos del planeta primigenio y de sus inmemoriales eones, sin ayuda de la vista o el oído, y fue entonces cuando conocí cosas que ni siquiera el más descabellado de mis antiguos sueños había llegado siquiera a insinuar. Y, mientras tanto, los blancos dedos helados de los húmedos vapores me aferraban y tironeaban de mí, y aquel silbido, condenado y fantasmal, gritaba diabólicamente, imponiéndose a las alternancias de cacofonía y silencio que resonaban en los remolinos de negrura circundantes.

Luego llegaron visiones de la ciclópea ciudad de mis sueños... no en ruinas, sino tal y como yo la había soñado. Estaba de nuevo en mi cuerpo cónico y no en el humano, mezclado con multitudes de la Gran Raza y de las mentes cautivas, que transportaban libros arriba y abajo por los altos corredores y las inmensas rampas.

Entonces, sobreimpresos a tales imágenes, me llegaron fogonazos, espantosos y momentáneos, de una conciencia no visual que incluía debatirse desesperadamente, una liberación de los captores tentáculos del viento silbante, un vuelo loco y como de murciélago a través de la oscuridad azotada por el viento y un salvaje ir dando traspiés y trepando por la sillería derrumbada.

Cierta vez se produjo un curioso e invasor destello a medias visto; una débil y difusa sospecha de radiación azulada en lo alto. Luego llegó el ensueño de trepar y arrastrarse, acosado por el viento... y emerger al resplandor de la sardónica luz lunar a través de una confusión de escombros que se deslizaban y derrumbaban a mis espaldas en medio de un loco huracán. Fue el maligno y monótono latido de esa enloquecedora luz lunar lo que, al cabo, me indicó que había vuelto a lo que una vez conociera como el mundo vigil y objetivo.

Iba arrastrándome a través de las arenas del desierto australiano y, en torno a mí, aullaba un tumulto de viento como nunca antes viera en la superficie de nuestro planeta. Mis ropas estaban reducidas a jirones, y todo mi cuerpo era una masa de moraduras y arañazos.

La consciencia plena regresó muy lentamente y no sabría decir en qué momento los sueños delirantes se desvanecieron, dejando paso a verdaderos recuerdos. Había creído ver un montículo de bloques titánicos, un abismo debajo de él, una monstruosa revelación del pasado y, al final, un horror de pesadilla... ¿pero cuánto de todo eso era real?

Había perdido la linterna y también cualquier caja de metal que pudiera haber descubierto. ¿Había existido tal caja, o el abismo, o el montículo? Alzando la cabeza, miré detrás de mí y vi tan solo las estériles y ondulantes arenas del desierto.

El viento demoníaco menguaba, y la luna hinchada y fungoide se hundía enrojecida al oeste. Me incorporé tambaleante y comencé a caminar, dando traspiés, hacia el suroeste, rumbo al campamento. ¿Qué me había sucedido en realidad? ¿Había simplemente sufrido un colapso en el desierto y me había arrastrado, atormentado por los espejismos, a lo largo de kilómetros de arenas y bloques enterrados? ¿Y, de no ser así, cómo podría sobrellevar la vida de ahí en adelante?

Ya que, atrapado por este nuevo dilema, toda mi fe en la irrealidad de mis visiones, que yo achacaba a los mitos, se disolvía una vez más en la infernal duda de antes. Si el abismo era real, entonces la Gran Raza era real y, por tanto, sus blasfemos viajes y secuestros en el vórtice cósmico del tiempo no eran mitos o pesadillas, sino una terrible y estremecedora realidad.

¿Era un hecho odioso y completamente cierto el que yo había sido arrastrado a un mundo prehumano, situado 150 millones de años en el pasado, durante aquellos oscuros y desconcertantes días de amnesia? ¿Había sido mi actual cuerpo el vehículo de una espantosa conciencia alienígena procedente de paleógenas simas de tiempo?

¿Había, en mi calidad de mente cautiva de esos horrores que se deslizaban, conocido esa maldita ciudad de piedra en sus días de apogeo, y serpenteado por esos familiares corredores, revestido de la espantosa forma de mi raptor? ¿Eran esos torturantes sueños de más de veinte años la irrupción de terribles y monstruosos recuerdos?

¿Había entonces, en efecto, hablado con mentes que procedían de inalcanzables recodos de tiempo y espacio, conocido los secretos del universo, del pasado y del porvenir, y escrito los anales de mi propio mundo en las cajas de metal de esos archivos titánicos? ¿Y eran esos otros entes —esos estremecedores seres primigenios, dueños del viento loco y los silbidos demoníacos—, en verdad, una amenaza rezagada y al acecho, esperando y desvaneciéndose lentamente en los negros abismos, mientras las diversas formas de vida arrastraban su milenario discurrir sobre la inmemorial superficie del planeta?

No lo sé. Si ese abismo y lo que alberga es real, no hay esperanza. Entonces, en verdad y para nuestra desgracia, pende sobre este mundo de los hombres una burlona e increíble sombra situada más allá del tiempo. Pero, misericordiosamente, no hay pruebas de que tales cosas sean nada más que nuevas fases de mis sueños, provocadas por mi estudio de los mitos. No saqué la caja de met l que pudiera haber sido una prueba, y de momento esos corredores no han sido descubiertos.

Si las leyes del universo son compasivas, nunca serán encontrados. Pero debo comunicar a mi hijo lo que vi o creí ver, y dejar a su juicio de psicólogo ponderar la realidad de lo que me sucedió y trasmitir este informe a otros.

He dicho que la espantosa verdad, detrás de mis torturados años de sueños, depende del todo de que sea real lo que creí ver en esas ciclópeas y enterradas ruinas. Es duro para mí, literalmente, poner por escrito esta revelación crucial, aunque los lectores ya, sin duda, han adivinado cuál es. Por supuesto, la clave estaba en ese libro encerrado en la caja de metal... la caja que saque de su sitio entre el polvo de un millón de siglos.

Ningún ojo había visto y ninguna mano tocado ese libro desde la época en que el hombre apareció en el planeta. Y, aun así, cuando enfoqué mi linterna sobre el mismo en aquel espantoso abismo, vi que las letras, extrañamente pigmentadas, que cubrían las páginas de celulosa, quebradizas y parduscas debido al paso de los eones, no pertenecían a ningún indescriptible sistema jeroglífico de la juventud de la Tierra. Eran, de hecho, las letras de nuestro familiar alfabeto, componiendo las palabras del idioma inglés y escritas de mi propio puño y letra.

El que acecha en la oscuridad*

(Dedicado a Robert Bloch)

He visto el sombrío universo abierto
donde los negros planetas giran ciegamente.
Giran sumidos en un horror insensato,
sin conciencia, brillo o nombre.

Némesis

LOS INVESTIGADORES prudentes titubearán antes de contradecir la común creencia de que Robert Blake murió alcanzado por el rayo o debido a un profundo choque nervioso producto de una descarga eléctrica. Es cierto que la ventana ante la que se le encontró estaba intacta, pero la naturaleza ha probado ser capaz de muchos sucesos extraordinarios. La expresión de su rostro puede con facilidad ser debida a alguna oscura contorsión muscular sin relación alguna con lo que vio, mientras que las anotaciones de su diario son claramente el resultado de una imaginación fantástica, exaltada por

---

* Título original: *The Haunter of the Dark* (noviembre de 1935). Publicado por primera vez en la revista *Weird Tales* (diciembre de 1936). No se conserva manuscrito de esta obra, solo la copia impresa de revista.

algunas supersticiones locales y ciertos viejos asuntos por él exhumados. Y en lo tocante a las anómalas condiciones que se dan en la abandonada iglesia de Federal Hill, el analista perspicaz no tarda en atribuir todo eso a ciertas imposturas, conscientes o inconscientes, con las que, a la postre y en parte, estaba secretamente conectado el propio Blake.

Porque, después de todo, era un escritor y pintor volcado por completo en el campo de los mitos, el miedo, el terror y la superstición, siempre insaciable en su búsqueda de escenas y sucesos producidos por fuentes ajenas y espectrales. Su primera estancia en la ciudad —una visita realizada a un extraño anciano, tan dedicado a lo oculto y lo prohibido como él mismo— terminó entre la muerte y las llamas, y debió ser algún morboso instinto el que le hizo volver de nuevo, desde su residencia de Milwauke. Debía conocer previamente las viejas historias, no importa lo que diga en su diario, y su muerte debió cercenar de raíz algún prodigioso montaje, destinado a tener más tarde su reflejo literario.

No obstante, entre aquellos que han examinado y cotejado todas las pruebas por él reunidas, se encuentran algunos que se inclinan por teorías menos racionales y trilladas. Estos son dados a atribuir valor a gran parte de lo registrado en el diario de Blake, y apuntan como significativos ciertos hechos, como son la indudable existencia de los archivos de la vieja iglesia, la realidad verificada de la repudiada y heterodoxa secta del Saber Estelar con anterioridad a 1877, la desaparición probada de un inquisitivo reportero, de nombre Edwin M. Lillibridge, en 1893, y, sobre todo, la expresión de miedo, monstruoso y transfigurado, que congeló el rostro del joven escritor en el momento de su muerte. Fue uno de los que creían en sus afirmaciones el que, movido por el fanatismo, lanzó a la bahía la piedra de curiosos ángulos y su caja de metal, extrañamente adornada, que se había encontrado en el campanario de la vieja iglesia... el campanario negro y sin ventanas, y no la torre donde, en un principio, decía el diario de Blake que se hallaba la piedra. Aunque objeto de censura, tanto pública como privada, ese hombre —un médico de renombre, aficionado al folclor extraño— asegura haber librado a la Tierra de algo demasiado peligroso como para que pudiera ser dejado sobre su superficie.

El lector habrá de escoger por sí mismo entre esas dos escuelas de opinión. Los periódicos han dado ya los detalles más significativos, desde un ángulo escéptico, dejando a otros la descripción de todo tal y como Robert Blake lo vio, o pensó ver, o pretendió ver. Ahora, estudiando a fondo el diario, desapasionadamente y tomándonos nuestro tiempo, resumiremos la oscura cadena de sucesos desde el mentado punto de vista de sus principales actores.

El joven Blake volvió a Providence en el invierno de 1934-35, alquilando el piso superior de una vetusta morada sita en un herboso patio de College Street, en la cima de la gran colina oriental cercana al recinto de la Universidad Brown y detrás de la marmórea Biblioteca John Hay. Era un lugar acogedor y fascinante, en un pequeño oasis ajardinado de antigüedad local, donde grandes gatos amistosos tomaban el sol subidos a los tejadillos. La cuadrada casa de estilo georgiano tenía un tejado con tragaluces, portal clásico con lumbrera en abanico, ventanas de rombos y todas las demás señas de identidad que marcan la factura de los primeros años del XIX. Dentro había puertas de seis paneles, suelos de ancha tablazón, una recurvada escalera colonial, repisas blancas del periodo de los Adam y un racimo de cuartos traseros situados tres peldaños más abajo que el nivel general.

El estudio de Blake, una gran estancia orientada al suroeste, dominaba el jardín frontal por uno de sus lados, mientras que las ventanas occidentales —ante una de las cuales se hallaba su escritorio— miraban hacia la cumbre de la colina y gozaban de una espléndida vista de los tejados de la ciudad baja, así como de los místicos ocasos que llameaban tras ellos. En el lejano horizonte se hallaban las laderas púrpuras de la región. Contra ellas, dos kilómetros más allá, se alzaba la espectral joroba de Federal Hill, llena de combados tejados y campanarios cuyos remotos perfiles se ondulaban misteriosos, asumiendo formas fantásticas cuando el humo de la ciudad remolineaba y se enredaba en torno suyo. Blake tenía una curiosa sensación de estar contemplando algún mundo desconocido y etéreo que podía quizá desvanecerse en un sueño si trataba siquiera de buscarlo e invadirlo.

Habiendo trasladado desde su casa la mayor parte de los libros, Blake se compró algunos muebles antiguos para colmar sus estancias y se aposentó para escribir y pintar... viviendo solo y atendiendo él mismo las tareas domésticas. Su estudio se encontraba en una habitación norteña del ático, donde los vidrios de los tragaluces proporcionaban una luz admirable. Durante ese primer invierno, produjo cinco de sus más conocidos relatos —*El que excava, Las escaleras de la cripta, Shaggai, En el valle de Pnath y El devorador de las estrellas*— y pintó siete lienzos; estudios de monstruos indescriptibles e inhumanos y paisajes profundamente ajenos y extraterrestres.

Al ocaso, a menudo se sentaba en su escritorio y contemplaba soñador el amplio oeste; las oscuras torres de Memorial Hall justo debajo, el campanario del tribunal georgiano, los altos pináculos de la zona comercial y esa colina reluciente y coronada de chapiteles, en la distancia, cuyas desconocidas calles y buhardillas laberínticas tan poderosamente despertaban su imaginación. Supo, por sus escasos conocidos, que la lejana ladera era un gran barrio italiano, aunque la mayoría de las casas procedían de los viejos días yanquis e irlandeses. Aquí y allá podía apuntar con sus prismáticos hacia ese mundo espectral e inalcanzable, situado más allá del arremolinado humo, captando techos, chimeneas y torres, y especulando sobre los estrafalarios y curiosos misterios que pudiera albergar. Aun con esa ayuda óptica, Federal Hill parecía, de alguna manera, ajena, medio fabulosa y ligada a las irreales e intangibles maravillas de los cuentos y pinturas del propio Blake. El sentimiento persistía mucho después de que la colina se hubiera difuminado en el crepúsculo violeta y colmado de estrellas, y las luces del tribunal y el faro rojo de Industrial Trust se hubieran encendido para convertir a la noche en grotesca.

De todo lo que se divisaba en la lejanía de Federal Hill, cierta iglesia, oscura e inmensa, fascinaba sobremanera a Blake. Era especialmente distinguible a ciertas horas del día, y al ocaso la gran torre y el afilado campanario se alzaban negros contra el cielo llameante. Parecía hallarse en suelo especialmente alto, ya que la tenebrosa fachada y el lado norte, visto en oblicuo, con su techo inclinado y la parte alta de las grandes ventanas puntiagudas, descollaban sobre la maraña de tejados y chimeneas que lo rodeaban. Hosca y austera en grado sumo, parecía estar construida en piedra, manchada y erosionada por el humo y las tormentas de un siglo o más. El estilo, hasta donde podía ver por los prismáticos, pertenecía al periodo más temprano y experimental de renacimiento gótico, que precedió al actual periodo Upjohn, y conservaba algunas de las características y proporciones de la edad georgiana. Quizá fue construida en torno a 1810 ó 1815.

Según pasaban los meses, Blake observaba las lejanas y prohibidas estructuras con un extraño interés creciente. Dado que las ventanas no estaban nunca iluminadas, comprendió que debían estar vacías. Cuanto más miraba, más trabajaba su imaginación, hasta que, al cabo, comenzó a suponer cosas curiosas. Creía que un aura, vaga y singular, pendía sobre el lugar, y que incluso las palomas y las golondrinas rehuían sus ahumados ale-

113

ros. En torno a otras torres y campanarios, su lente revelaba grandes bandadas de pájaros, pero nunca descansaban en aquel en concreto. Al cabo, esa fue la conclusión a la que llegó y así lo asentó en su diario. Señaló el lugar a varios amigos, pero ninguno de ellos había estado en Federal Hill o poseía la más mínima noción de lo que la iglesia pudiera ser o haber sido.

En primavera, Blake se vio atenazado por una gran desazón. Había comenzado una novela sobre la que meditaba desde hacía tiempo —basada en una supuesta supervivencia de la brujería en Maine—, pero se encontraba con que era extrañamente incapaz de hacer progresos con la misma. Cada vez más, se sentaba en su ventana occidental y observaba la lejana colina, así como el negro y ceñudo campanario rehuido por los pájaros. Cuando las delicadas hojas asomaron en las ramas del jardín, el mundo se colmó de una nueva belleza, pero la desazón de Blake no hizo más que crecer. Fue entonces cuando, por primera vez, concibió la idea de cruzar la ciudad y aventurarse, subiendo esa fabulosa ladera, en aquel, entreverado por el humo, mundo de ensueño.

A últimos de abril, justo antes de la noche de Walpurgis, inmemorialmente temida, Blake hizo su primer viaje a lo desconocido. Caminando a través de las inacabables calles de la zona comercial, y de las plazas desoladas y en decadencia que había más allá, llegó por último a la avenida ascendente, con sus escaleras carcomidas por el tiempo, hundidos porches dóricos y cúpulas empañadas que le dieron la sensación de pertenecer a aquel mundo, largo tiempo conocido y sin embargo inalcanzable, que se hallaba más allá de las brumas. Había sucios letreros callejeros, blancos y azules, que nada le decían, y enseguida se percató de los rostros oscuros y extraños de los ociosos, así como de los escritos extranjeros colocados sobre curiosas tiendas, en edificios parduscos y castigados por la decadencia. En ninguna parte pudo encontrar nada de lo visto desde lejos, por lo que de nuevo fantaseó con la idea de que la Federal Hill que había visto en la distancia era un mundo onírico que no estaba llamado a ser hollado por pie humano alguno.

Aquí y allá, aparecía la castigada fachada de una iglesia o un chapitel ladeado, pero nunca la ennegrecida masa que veía de lejos. Cuando preguntó a un tendero acerca de una gran iglesia de piedra, el hombre sonrió y agitó la cabeza, aunque sabía inglés de sobra. Según Blake subía más arriba, el lugar se iba haciendo más y más extraño, con desconcertantes laberintos de callejones parduscos y amenazadores que llevaban más y más hacia el sur. Cruzó dos o tres avenidas grandes y, en cierta ocasión, creyó ver una torre familiar. Otra vez preguntó a un comerciante acerca de una gran iglesia de piedra, y esa vez hubiera jurado que la pretensión de ignorancia era fingida. Por el rostro oscuro del hombre pasó una mirada de miedo que trató de ocultar, y Blake vio que hacía un curioso signo con su mano derecha.

Luego, de repente, un negro chapitel se alzó contra el cielo nuboso, a su izquierda, sobre hileras de tejados pardos que delimitaban los enmarañados callejones sureños. Blake supo al punto qué era y fue hacia allá, a través de las callejas, míseras y sin pavimentar, que ascendían a partir de la avenida. Dos veces se extravió, pero no se atrevió a preguntar a ninguno de los patriarcas ni a las matronas que se sentaban a la puerta de sus casas, ni a ninguno de los chicos que gritaban y jugaban en el barro de las oscurecidas callejas.

Al fondo, vio perfilarse la torre contra el suroeste y una masa de piedra que se alzaba oscura al final de un callejón. Al momento se vio en una plaza abierta, de curioso empedrado, con un gran muro inclinado en su extremo más lejano. Aquel era el final de la búsqueda, ya que, sobre el rellano amplio, con verja y lleno de hierbajos que se hallaba sobre el muro

—un mundo separado y menor que se alzaba su buen metro ochenta sobre las calles circundantes— se levantaba una masa hosca y titánica sobre cuya identidad, a pesar de que era la primera vez que la veía desde esa perspectiva, no podía haber duda.

La vacía iglesia se encontraba en estado de gran decrepitud. Algunos de los altos contrafuertes de piedra se habían derrumbado y varios delicados remates yacían medio perdidos entre los matojos y las hierbas, pardos y abandonados. Las ennegrecidas ventanas góticas estaban casi intactas, aunque muchas de sus columnillas habían desaparecido. Blake se preguntó cómo podían haber sobrevivido aquellos cristales de tétricas pinturas, en vista de los más que conocidos hábitos de los chiquillos de la vecindad. En torno al borde del muro inclinado, cerrando por completo el terreno, había una herrumbrosa verja de hierro cuya puerta —situada al final de un tramo de peldaños que partían de la plaza— estaba obviamente candada. El camino que iba de la puerta al edificio estaba sepultado bajo las malas hierbas. La decadencia y la desolación pendían como un dosel sobre todo el lugar, y ante los aleros sin pájaros y los muros negros y desprovistos de hiedra sintió algo vagamente siniestro que no podía definir.

Había muy poca gente en la plaza, pero Blake vio a un policía en el extremo norte y se aproximó para preguntarle por la iglesia. Era un irlandés grande y agradable, y resultó extraño que hiciera poco más que esbozar el signo de la cruz y musitar que la gente nunca hablaba de ese edificio. Cuando Blake insistió, dijo apresuradamente que los curas italianos ponían a todos en guardia contra el edificio, jurando que una monstruosa maldad había morado una vez allí y dejado su marca. Él mismo había oído oscuros rumores sobre el mismo de labios de su padre, que recordaba ciertos sonidos y habladurías de su infancia.

Había habido allí antaño una secta maligna; una secta sin ley que invocaba a espantosos seres procedentes de desconocidas simas de oscuridad. Hizo falta un buen sacerdote para exorcizar a lo convocado, aunque los había que afirmaban que con la luz bastaba. Si el padre O'Malley aún viviera, podría contar muchas cosas. Pero ahora no había nada que hacer, excepto mantenerse alejados. Ya no albergaba a nadie y sus dueños estaban muertos o lejos. Habían huido como ratas tras de que corrieran amenazadoras historias en el 77, cuando la gente comenzó a reparar en cómo las personas desaparecían de vez en cuando en la vecindad. Algún día la municipalidad daría el paso y se haría con la propiedad por falta de herederos, pero nada bueno le vendría a nadie que tuviera relación con aquello. Lo mejor sería dejarla abandonada a los años, hasta que se cayera, no fuera que se despertase lo que debía dormir por siempre en su negro abismo.

Cuando el policía se marchó, Blake se quedó mirando la sombría masa del campanario. Le excitó el hecho de que aquella estructura resultase tan siniestra para otros como para él, y se preguntó qué grado de verdad podía haber detrás de los viejos cuentos que el guardia le había repetido. Lo más probable es que se tratasen de viejas leyendas provocadas por el maligno aspecto del lugar; pero, aun así, era como una extraña invasión en la vida real de una de sus propias historias.

El sol de la tarde asomó detrás de las dispersas nubes, pero parecía incapaz de iluminar esos muros manchados y llenos de hollín del viejo templo que se remontaba sobre su alto rellano. Resultaba extraño que el verde de la primavera no hubiera tocado los pardos y marchitos arbustos de ese patio alto y cercado de hierro. Blake se encontró bordeando el área, al tiempo que examinaba el muro inclinado y la verja oxidada, en busca de posibles vías de acceso. Había una terrible atracción en ese ennegrecido templo, algo que lo hacía irresistible.

La verja no mostraba aberturas cerca de la escalera, pero hacia el lado norte había algunas barras sueltas. Podía subir la escalera y circundar por el angosto borde de fuera, por la verja, hasta llegar al hueco. Si de veras la gente temía tanto al lugar, nadie se opondría a su paso.

Estaba al pie del muro y casi dentro de la verja antes de que nadie pudiera verlo. Luego, al mirar hacia abajo, constató que la poca gente que había en la plaza se apartaba y hacía con la mano derecha el mismo signo que hiciera el tendero de la avenida. Algunas ventanas se cerraron y una mujer gorda salió como una flecha a la calle para arrastrar a algunos mocosos al interior de una casa desvencijada y sin pintar. El boquete en la verja era muy fácil de pasar, y enseguida Blake se encontró deambulando entre los podridos y retorcidos matojos del patio abandonado. Aquí y allá, gastados muñones de lápidas le indicaban que había habido entierros allí; pero, por lo visto, debió ser hacía mucho tiempo. La inmensidad de la iglesia era, ahora que se encontraba tan cerca, opresiva, pero se hizo fuerte y se acercó a tantear las tres grandes puertas de la fachada principal. Todas estaban cerradas a cal y canto, por lo que comenzó a rodear el ciclópeo edificio en busca de alguna abertura menor y más accesible. Incluso entonces no estaba muy seguro de desear entrar en esa guarida de abandono y sombras, aunque el tirón de lo extraño le arrastraba sin pensar.

Una ventana abierta y sin enrejado del sótano, en la zaga del edificio, le proporcionó la entrada que necesitaba. Atisbando en el interior, Blake vio una sima subterránea de telarañas y polvo, débilmente iluminada por los rayos del sol occidental que lograban filtrarse. Escombros, viejos barriles, cajas rotas y muebles de todo tipo se mostraron a su ojo, aunque sobre todos ellos había una capa de polvo que redondeaba las aristas. Los oxidados restos de una calefacción de aire

118

mostraban que el edificio había sido usado y conservado hasta por lo menos el periodo medio victoriano.

Actuando casi sin intención consciente, Blake reptó a través de la ventana y se descolgó hasta el suelo de cemento, lleno de escombros y alfombrado de polvo. El sótano abovedado era inmenso, sin tabiques, y en una esquina, lejana y a la derecha, vio una negra arcada que llevaba sin duda hacia arriba. Sufría una peculiar sensación de agobio respecto a aquel edificio grande y espectral, pero lo sobrellevó para explorar con cautela y encontró un barril casi intacto entre el polvo; lo hizo rodar hasta debajo de la ventana abierta, proveyéndose así de un medio de salida. Luego, cobrando valor, cruzó el espacio ancho y lleno de telarañas, dirigiéndose al arco. Medio tapado por el omnipresente polvo, y cubierto por fantasmales gasas de telaraña, subió por los gastados peldaños de piedra que se remontaban en la negrura. No llevaba luz consigo, pero iba tanteando cuidadosamente con las manos. Tras un brusco giro, tocó una puerta cerrada y, a tientas, palpó el antiguo picaporte. Se abría hacia dentro y, más allá, se hallaba un corredor, tenuemente iluminado, cubierto de artesonados comidos por los gusanos.

Ya en la planta baja, Blake comenzó a explorar con rapidez. Todas las puertas interiores estaban abiertas, por lo que pudo pasar con libertad de cuarto a cuarto. La colosal nave resultaba un lugar casi fantasmal, con sus montones de polvo apilado sobre bancos de madera, altar, púlpito con forma de reloj de arena y plataforma, y titánicos cordones de telaraña tendidos entre los puntiagudos arcos de la galería y enlazando las agrupadas columnas góticas. En esa silenciosa desolación danzaba una espantosa luz plomiza, fruto de los rayos que el poniente sol vespertino lanzaba a través de los extraños y medio ennegrecidos cristales de las grandes ventanas del ábside.

119

Las pinturas de esas ventanas estaban tan oscurecidas por el hollín que Blake apenas pudo entrever lo que representaban, pero de lo poco que consiguió ver llegó a la conclusión de que no le gustaban nada. Los diseños eran de lo más convencionales y, gracias a su conocimiento del simbolismo oscuro, pudo reconocer muchos de aquellos antiguos motivos. Los pocos santos representados mostraban expresiones claramente reprobables, mientras que una de las ventanas parecía exhibir simplemente un espacio oscuro, con espirales de curiosa luminosidad dispersa a su alrededor. Apartándose de las ventanas, Blake descubrió que la cruz, cubierta de telarañas, que había sobre el altar, no era de las normales, sino que recordaba a la primordial ankh o cruz ansada del tenebroso Egipto.

En la sacristía, situada detrás junto al ábside, Blake encontró un armario podrido y baldas que iban de suelo a techo, con enmohecidos libros en proceso de desintegración. Allí, por primera vez, sufrió un golpe de objetivo horror, ya que los títulos de aquellos libros significaban mucho para él. Eran los negros y prohibidos tomos sobre los que la gente cuerda no había oído nunca hablar, o lo había hecho solo merced a rumores furtivos y atemorizados; los receptáculos vedados y temidos de equívocos secretos e inmemoriales fórmulas que se habían transmitido a través del tiempo desde los días de la infancia del hombre y los brumosos y fabulosos tiempos anteriores a este. Él mismo había leído muchos de ellos: una versión latina del horrendo *Necronomicón*, el siniestro *Liber Eibonis*; el infame *Cultes des Goules,* del Conde d'Erlette; el *Unaussprechlichen Kult*en, de Von Junzt, y el infernal *De Vermis Mysteriis*, del viejo Ludwig Prinn. Pero había otros a los que conocía simplemente de oídas o no conocía en absoluto: los Manuscritos Pnakóticos, el *Libro de Dzyan* y un deteriorado volumen con caracteres completamente inidentificables, aunque mostraba ciertos símbolos y diagramas que resultaban estremecedoramente reconocibles para estudiantes de lo oculto. Al parecer, los persistentes rumores locales no mentían. Aquel lugar había sido asiento, una vez, de una maldad más antigua que la humanidad y que alcanzaba más allá del universo conocido.

En los arruinados estantes había un cuaderno pequeño, forrado en cuero y repleto de anotaciones en alguna criptografía extraña. El manuscrito contenía los tradicionales símbolos comunes usados aún hoy en día en astronomía y antiguamente en alquimia, astrología y otras artes dudosas —los símbolos del Sol, la Luna, los planetas, aspectos y signos zodiacales—, que aquí se agolpaban para formar páginas repletas de textos con divisiones y párrafos que sugerían que cada símbolo correspondía a alguna letra del alfabeto.

Esperando resolver más tarde la clave, Blake se echó el volumen al bolsillo de la chaqueta. Muchos de los grandes tomos de los estantes lo fascinaban indeciblemente, y se sintió tentado de cogerlos más tarde. Se preguntó cómo era posible que hubieran estado allí tanto tiempo. ¿Acaso era él el primero en vencer al acechante y disuasivo temor que durante cerca de sesenta años había mantenido a ese desierto lugar a salvo de visitantes?

Habiendo ya explorado del todo la planta baja, Blake se dirigió, a través del polvo de la espectral nave, hacia el vestíbulo frontal, ya que allí había visto una puerta y unas escaleras que debían llevar hacia la ennegrecida torre y el campanario, que tan familiares le resultaban de lejos. El ascenso fue una experiencia estremecedora, ya que el polvo era espeso y las arañas se habían esmerado en aquel lugar cerrado. La escalera era una espiral con altos y angostos peldaños de madera y, de vez en cuando, Blake pasaba por una opacada ventana que ofrecía una vertiginosa panorámica sobre la ciudad. Aunque no había visto abajo ninguna cuerda, esperaba encontrar una

121

o varias campanas en la torre, cuyas ventanas ojivales, cubiertas con celosías, tan a menudo había estudiado mediante sus prismáticos. La desazón lo alcanzó al llegar a su objetivo, cuando, en lo alto de las escaleras, descubrió que la estancia de la torre estaba desprovista de carillones y que claramente había estado destinada a propósitos muy diferentes.

La estancia, de unos tres metros de lado, estaba débilmente iluminada, gracias a cuatro ventanas ojivales, una a cada lado, que dejaban pasar la luz a través de sus deterioradas celosías. Estas habían sido en algún momento cubiertas con pantallas opacas y gruesas, pero hacía mucho que se habían podrido y caído. En mitad del polvoriento suelo se alzaba un pilar de piedra de curiosos ángulos de algo más de un metro de altura y de unos sesenta centímetros de diámetro mayor, cubierto a cada lado por jeroglíficos estrafalarios, toscamente cincelados y completamente irreconocibles. Sobre ese pilar descansaba una caja de metal de forma peculiarmente asimétrica; su tapa estaba abierta y el interior mostraba lo que, bajo el polvo de decenios, podía ser un objeto ovoide o irregularmente esférico de unos quince centímetros. En torno al pilar, formando grosso modo un círculo, había siete sillas góticas de alto respaldo, prácticamente intactas, mientras que detrás de ellas, a lo largo de los muros cubiertos de madera oscura, había siete imágenes colosales de yeso pintado de negro, ya en muy mal estado y que recordaban, más que otra cosa, a los crípticos megalitos tallados de la misteriosa isla de Pascua. En una esquina de la habitación, cubierta de telarañas, una escala tallada en el muro llevaba a la cerrada trampilla del campanario que, desprovisto de ventanas, se situaba encima.

Al ir acostumbrándose Blake a la débil luz, se percató de los extraños bajorrelieves de la curiosa caja abierta de metal amarillo. Acercándose, trató de limpiar el polvo con sus manos y el pañuelo, y descubrió que las figuras mostradas eran de una especie monstruosa y totalmente ajena, representando entidades que, aunque aparentemente vivas, no guardaban semejanza alguna con ninguna forma de vida que hubiera existido nunca sobre este planeta. La casi esfera de quince centímetros resultó ser un poliedro prácticamente negro y estriado de rojo, con multitud de superficies planas e irregulares; un curioso cristal de alguna especie, o quizá un mineral artificialmente tallado y pulido. No tocaba el fondo de la caja, ya que estaba suspendido por medio de una banda de metal que ceñía su ecuador, con algunos soportes de extraño diseño que iban horizontalmente hacia los ángulos de las caras interiores de la caja, cerca del borde. Esa piedra, una vez expuesta, ejerció sobre Blake una fascinación casi alarmante. Apenas podía apartar los ojos de ella y, según miraba sus resplandecientes superficies, casi imaginó que era transparente, con mundos de prodigio a medio formar en su interior. En su mente flotaban imágenes de orbes alienígenas con grandes torres de piedra, y otros mundos con montañas titánicas y sin vestigios de vida, y espacios aún más remotos donde solo una agitación en la vaga negrura hablaba de la presencia de conciencia y vida.

Cuando apartó la vista, se percató de un singular montón de polvo situado en una esquina lejana, cerca de la escala del campanario. No hubiera sabido decir por qué llamó su atención, pero algo en su forma mandó un mensaje a su mente inconsciente. Dirigiéndose hacia allí y apartando las colgantes telarañas, comenzó a discernir algo terrible. Manos y pañuelo revelaron pronto la verdad y Blake boqueó preso de una estremecedora mezcla de emociones. Se trataba de un esqueleto humano y debía haber estado allí durante largo tiempo. Las ropas estaban reducidas a jirones, pero algunos botones y trozos hablaban aún de la existencia de un traje masculino gris. Había otras evidencias: zapatos, hebillas de metal, grandes botones para puños redondos, un deslucido alfiler de corbata, una insignia de reportero con el nombre del viejo *Providence Telegram* y una deteriorada cartera de cuero. Blake examinó esta última con cuidado y encontró algunos billetes antiguos, un calendario de celuloide de 1893, algunas cartas con el nombre de Edwin M. Lillibridge y un papel escrito.

Ese papel era de naturaleza desconcertante, y Blake lo leyó con cuidado a la tenue luz de la ventana occidental. El deslavazado texto incluía frases como las que siguen:

> El profesor Enoch Bowen volvió de Egipto en mayo de 1844. Compró la vieja iglesia FreeWill en julio. Sus estudios y trabajos arqueológicos en materias ocultas son bien conocidos.
>
> El doctor Drowne de la iglesia baptista de la calle cuarta previno contra la secta del Saber Estelar en un sermón el 29 de diciembre de 1844.
>
> La congregación contaba con 97 miembros a finales del 45.
>
> 1846. Tres desapariciones. Primera mención al Trapezoide Resplandeciente.
>
> 7 desapariciones en 1848. Comienzan a correr historias sobre sacrificios humanos.
>
> La investigación de 1853 no llega a ninguna conclusión. Corren historias sobre sonidos.
>
> El padre O'Malley habla sobre adoración al diablo hecha mediante una caja encontrada en grandes ruinas egipcias; dice que convoca a algo que no puede sobrevivir a la luz del día. Huye de la luz tenue y desaparece ante la intensa. Entonces tiene que ser convocado de nuevo. Probablemente ha sacado todo eso de las confesiones que hizo en su lecho de muerte Francis X. Feeney, que se había unido a la Sabiduría Estelar en el 49. Esa gente dice que el Trapezoide Resplandeciente les muestra el paraíso y otros mundos y que El que Acecha en la Oscuridad les comunica de alguna forma secretos.
>
> Lo que dice Orrin B. Eddy en 1857. Lo convocan mirando al cristal y tienen un lenguaje secreto que usan entre ellos.
>
> 200 fieles o más en 1863. Todos hombres.
>
> Algarada de muchachos irlandeses contra la iglesia en 1869, luego de la desaparición de Patrick Regan.

Velado artículo en J., el 14 de marzo del 72, pero la gente no le presta atención.

6 desapariciones en 1876, un comité secreto se entrevista con el alcalde Doyle.

Se prometen medidas en febrero de 1877. La iglesia es cerrada en abril.

Una banda, chicos de Federal Hill, amenazan al doctor... y al resto de la congregación en mayo.

181 personas abandonan la ciudad antes de que acabe el 77... no se mencionan nombres.

Las historias de fantasmas comienzan hacia 1880... intentar comprobar si es cierto lo que se dice acerca de que ningún ser humano ha entrado en la iglesia desde 1877.

Pedir a Laningan la fotografía del lugar tomada en 1851.

Devolviendo el papel a la cartera y metiéndose esta última en la chaqueta, Blake se volvió a observar el esqueleto en el polvo. Las implicaciones de las notas estaban claras y no había duda de que ese hombre había invadido el abandonado edificio hacía cuarenta y dos años en pos de una noticia periodística que nadie antes se había atrevido a buscar. Quizá nadie estaba al tanto de su plan... ¿quién sabe? Pero lo cierto es que nunca había vuelto al periódico. ¿Acaso un temor, heroicamente reprimido, se había impuesto para matarlo de un fallo cardiaco? Blake se detuvo sobre los descarnados huesos y estudió su estado. Algunos estaban malamente quebrados y los había que parecían extrañamente *disueltos* en los extremos. Otros se veían extrañamente amarillentos, con una vaga sugestión de chamuscado. Esa quemazón se manifestaba también en algunos de los jirones de ropa. La calavera se encontraba en un estado de lo más peculiar... manchada de amarillo, con una abertura de bordes quemados en lo alto, como si algún ácido poderoso hubiera comido el hueso sólido. Lo que le había ocurrido al esqueleto durante aquellas cuatro décadas de silencioso abandono en aquel lugar era algo que Blake no podía ni imaginar.

Antes de darse cuenta de lo que hacía, estaba mirando a la piedra de nuevo y dejando que su curiosa influencia despertase un nebuloso despliegue en su mente. Vio procesiones de figuras, con túnicas y capuchas, cuyas siluetas no eran humanas, y observó interminables leguas de desiertos contra las que se recortaban monolitos tallados y altísimos. Vio torres y muros en negras profundidades submarinas y vórtices de espacio en los que retazos de negra bruma flotaban ante tenues resplandores de fría neblina púrpura. Y, más allá de todo eso, tuvo el atisbo de una infinita sima de oscuridad, en la que formas sólidas y semisólidas eran detectables tan solo por sus rabiosas agitaciones, y nebulosas tramas de fuerza parecían entremezclar orden y caos ofreciendo una clave para todas las paradojas y arcanos del mundo conocido.

Luego, todo aquel hechizo quedó roto por un ataque de corrosivo e intangible miedo pánico. Blake, estremecido, se apartó de la piedra, consciente ahora de que había alguna informe presencia ajena cerca de él observándolo con horrible resolución. Se sentía en contacto con algo —algo que no era la piedra, sino que lo observaba a través de ella—, algo que podía seguirlo sin descanso, con un sentido que no era el de la física visión. Sin duda, aquel lugar estaba afectando sus nervios... lo que no era de extrañar, dado su horrible descubrimiento. La luz se desvanecía, también, y, ya que no tenía medios de alumbrarse, tendría que marcharse enseguida.

Fue entonces, en el postrer crepúsculo, cuando pensó detectar un débil trazo de luminosidad en la piedra de locos ángulos. Había tratado de no mirarla, pero alguna oscura compulsión atrajo sus ojos hacia ella. ¿No había alguna sutil fosforescencia radiactiva en aquella cosa? ¿Qué era lo que decían las notas del muerto acerca de un *Trapezoide Resplandeciente*? ¿Y qué era, además, aquel nicho de cósmica maldad? ¿Qué había ocurrido allí y qué podía estar aún al acecho en las sombras rehuidas por los pájaros? Parecía ahora como si un esquivo toque de fetidez se hubiese alzado, aunque no había fuente aparente para el mismo. Blake cogió la tapa de esa caja tanto tiempo abierta y la cerró. Giró con facilidad sobre sus extrañas bisagras y volteó por completo sobre la piedra, ahora inconfundiblemente brillante.

A la par que el agudo clic del cierre se escuchó un amortiguado agitar que parecía llegado de la eterna negrura del campanario encima, más allá de la trampilla. Ratas, sin duda alguna; los únicos seres vivientes que se habían mostrado en aquel maldito lugar desde que había entrado. Pero aquel revuelo en el campanario le espantó horriblemente, así que se lanzó por la escalera de caracol hacia abajo, cruzando la fantasmal nave hasta llegar al abovedado sótano, pasar el polvo acumulado en el patio desierto y correr por las enmarañadas y medrosas callejas y avenidas de Federal Hill rumbo a las cuerdas calles del centro y los hogareños muros de ladrillo del distrito universitario.

En los días siguientes, Blake no habló con nadie de su expedición. En cambio, leyó mucho en ciertos libros, examinó archivos periodísticos que abarcaban muchos años y trabajó febrilmente en la criptografía de ese volumen de cuero sacado de la sacristía llena de telarañas. Pronto pudo constatar que el cifrado no era nada sencillo y, tras un arduo esfuerzo, se convenció de que no era inglés, latín, griego, francés, español, italiano o alemán. Evidentemente, tendría que bucear en los más profundos pozos de su extraña erudición.

Cada tarde volvía a él el viejo impulso de mirar al oeste y contemplaba al negro campanario como algo pretérito que asomase entre los erizados tejados de un mundo lejano y medio fabuloso. Pero ahora sentía también una nueva nota de terror. Conocía la herencia de maligno saber que enmascaraba y, con tal conocimiento, su visión se desbocaba por caminos nuevos y extraños. Los pájaros de la primavera habían vuelto y él, mirando sus vuelos al ocaso, imaginaba que rehuían aún más que antes la aguda y lejana aguja. Cuando una bandada se aproximaba, le parecía que giraban y se dispersaban en confusión pánica, e imaginaba los gorjeos salvajes que no llegaban a sus oídos debido a los kilómetros interpuestos.

Fue en junio cuando el diario de Blake registra su triunfo sobre la clave. Descubrió que el texto estaba en el oscuro lenguaje klo, usado por ciertos cultos de maligna antigüedad y con el que se había topado varias veces en investigaciones previas. El diario se muestra extrañamente reticente sobre lo que Blake logró descifrar, pero resulta patente que este había quedado espantado y aturdido por lo descubierto. Había referencias al El que Acecha en la Oscuridad, que despierta cuando alguien mira dentro del Trapezoide Resplandeciente, y locas conjeturas sobre las negras simas de caos desde las que había sido convocado. El ser es descrito como depositario de todo conocimiento, ansioso de sacrificios monstruosos. Algunas de las anotaciones de Blake muestran miedo de que el ser, que parecía poder ser convocado mediante una mirada, volviera a rondar el mundo; aunque añadía que las luces callejeras formaban una barrera que no podía traspasar.

Hablaba a menudo del Trapezoide Resplandeciente, describiéndolo como una ventana a todo tiempo y espacio, y consignando su historia desde los días en que fue fabricado en el oscuro Yuggoth, antes incluso de que los Antiguos llegasen a la Tierra. Fue colocado y atesorado en su curiosa caja por los seres crinoideos de la Antártida, rescatado de sus ruinas por los hombres—serpiente de Valusia y contemplado, eones más tarde, en Lemuria, por los primeros seres humanos. Cruzó extrañas tierras y extraños mares, y se hundió con la Atlántida antes de que un pescador minoico lo sacara en su red y lo vendiera a los cetrinos mercaderes de la sombría Khem. El faraón

Nephren-Ka construyó en torno suyo un templo con una cripta sin ventanas, lo que hizo que su nombre fuera borrado de todo monumento y toda crónica. Luego durmió en las ruinas de ese maligno recinto, destruido por los sacerdotes y el nuevo faraón, hasta que la pala de los excavadores lo sacó, una vez más, para esparcir su maldición entre la humanidad.

A principios de julio los periódicos suministraron una extraña confirmación a las anotaciones de Blake; aunque lo hizo de forma tan breve y casual que solo el diario logra establecer la conexión. Al parecer, nuevos terrores rondaban Federal Hill desde que un forastero había invadido la temida iglesia. Los italianos hablaban de desacostumbrados chirridos y golpes y rasguños en el oscuro campanario sin ventanas, y recurrían a sus sacerdotes para ahuyentar a un ser que rondaba sus sueños. A veces, decían, se quedaba acechando a una puerta, esperando que estuviese lo bastante oscuro como para cruzar. Los artículos mencionaban las seculares supersticiones locales, pero no fueron capaces de arrojar mucha luz sobre ese nuevo avatar del horror. Estaba claro que los jóvenes reporteros contemporáneos no eran muy duchos en historia. Al consignar todo eso en su diario, Blake expresaba una curiosa especie de remordimiento y menciona el deber de enterrar el Trapezoide Resplandeciente y espantar lo que había evocado, dejando entrar la luz del día en ese odioso chapitel. Al mismo tiempo, no obstante, mostraba la peligrosa extensión de su fascinación y admitía un ansia morbosa —presente incluso en sus sueños— por visitar la torre maldita y contemplar de nuevo los cósmicos secretos de la piedra resplandeciente.

Luego, una noticia en el *Journal* matutino del 17 de julio provocó en el escritor un verdadero horror febril. Se trataba tan solo de una variante de aquellos reportajes medio humorísticos sobre la inquietud que sacudía Federal Hill; pero para Blake supuso algo terrible. Durante la noche, una tormenta eléctrica había averiado el alumbrado de la ciudad durante una buena hora, y en ese negro intervalo los italianos se habían vuelto casi locos de miedo. Aquellos que vivían cerca de la temida iglesia habían jurado que el ser del campanario se había aprovechado de la falta de luces callejeras para bajar a la nave de la iglesia, aleteando y golpeteando en una forma viscosa y sumamente horrible. Al final había vuelto a la torre, donde se oyeron sonidos de cristal roto. Podía ir adondequiera que hubiese oscuridad, pero la luz le hacía siempre huir.

Cuando volvió la corriente, hubo una estremecedora conmoción en la torre, ya que incluso el débil resplandor que se filtraba a través de las ventanas oscurecidas por la mugre y cubiertas con pantallas era demasiado par el ser. Golpeó y se escurrió hacia su tenebroso campanario justo a tiempo, ya que una buena dosis de luz podría haberlo enviado de vuelta al abismo del que aquel loco forastero le había sacado. Durante la hora de oscuridad, un gentío que rezaba se había congregado en torno a la iglesia, bajo la lluvia, con velas y lámparas que protegían mediante paraguas y papeles; una guardia de luz dispuesta a proteger a la ciudad de la pesadilla que rondaba en la oscuridad. En cierta ocasión, aquellos que estaban más cerca de la iglesia declararon que la puerta exterior se había sacudido en forma espantosa.

Pero ni siquiera eso fue lo peor. Esa tarde, en el *Bulletin*, Blake leyó lo que los periodistas habían encontrado. Conscientes por fin del fenomenal valor de todas esas noticias, un par de ellos habían desafiado a las frenéticas multitudes de italianos, reptando al interior de la iglesia a través de la ventana del sótano, luego de tratar en vano de abrir las puertas. Se encontraron con que el polvo del vestíbulo y de la espectral nave estaba removido de forma muy singular, así como con restos de cojines podridos y del forro de satén de los bancos dispersos por todas partes; aquí y allá había manchas amarillentas y lugares que parecían chamuscados. Al abrir la puerta que llevaba a la torre y detenerse un momento ante la sospecha de un sonido de rasguños arriba, descubrieron que la estrecha escalera espiral había sido limpiada por el paso de algo.

En la propia torre reinaban condiciones similares. Hablaron acerca de la columna de piedra heptagonal, las sillas góticas alrededor y de las estrafalarias imágenes de yeso, aunque, cosa extraña, nada mencionaron acerca de la caja de metal, ni del viejo y mutilado esqueleto. Lo que más perturbó a Blake —dejando de lado el asunto de las manchas y las quemaduras, así como el mal olor— fue ese detalle final que explicaba el sonido de cristales rotos. Todas las ventanas ojivales de la torre estaban hechas añicos y dos de ellas habían sido oscurecidas, tosca y apresuradamente, mediante tapizados de satén y pelo de caballo, sacado de los cojines, introducidos en los huecos que dejaban las ladeadas coberturas exteriores. Más fragmentos de satén y montones de crines yacían dispersos en torno al suelo recién barrido, como si alguien hubiera sido interrumpido cuando trataba de devolver a la torre a la absoluta negrura, propia de los días en que estaba totalmente guardada por cortinas.

También había manchas amarillentas y trozos quemados en la escala que llevaba al chapitel sin ventanas; pero cuando un periodista ascendió por ella, abrió la trampilla horizontal y proyectó un débil rayo de luz a través de aquel espacio negro y de una extraña fetidez, nada vio, excepto oscuridad y una heterogénea pila de fragmentos informes cerca de la abertura. El veredicto fue, por supuesto, de superchería. Alguien había gastado una broma a los supersticiosos habitantes de la colina, o puede que algún fanático se hubiera aprovechado de esos miedos para sus propios fines. Quizá incluso alguno de los más jóvenes y sofisticados habitantes del lugar habían montado una elaborada broma a costa del mundo exterior. Hubo un divertido colofón cuando la policía envió a un agente a corroborar tales informes. Tres hombres, uno tras otro, encontraron la forma de zafarse de esa misión, y el cuarto, que se mostró de lo más reacio, volvió enseguida y sin nada que añadir a lo comunicado por los periodistas.

De ahí en adelante, el diario de Blake muestra una creciente marea de insidioso horror y aprensión nerviosa. Se recrimina por no hacer nada y especula extravagantemente sobre las consecuencias que pudiera tener otro corte eléctrico. Se ha constatado que en tres ocasiones —durante tormentas con relámpagos— telefoneó, bastante alterado, a la compañía eléctrica para inquirir acerca de las medidas de emergencia a tomar contra un corte del suministro. Cada dos por tres, sus anotaciones vuelven sobre el hecho de que los reporteros no llegaron a encontrar la caja de metal ni el viejo esqueleto tan extrañamente dañado durante su exploración de la ensombrecida estancia de la torre. Suponía que habían retirado ambas cosas... aunque, adónde, y quién o qué lo había hecho, era algo sobre lo que no podía especular. Pero sus peores miedos le concernían a él mismo y a la especie de impía ligazón que existía entre su mente y ese horror acechante del lejano campanario; ese ser monstruoso y nocturno al que su imprudencia había convocado desde las supremas negruras del espacio. Parecía sentir una tracción constante que arrastraba su voluntad, y testigos de esa época recuerdan cómo se sentaba abstraído en su escritorio y miraba por la ventana hacia esa lejana colina cubierta de chapiteles y situada más allá de los remolineantes humos de la ciudad. Hay una mención a la noche en que despertó para descubrirse completamente vestido, en la calle, y yendo cuesta abajo por College Hill hacia el oeste. Una y otra vez se reafirmaba en la idea de que el ser del campanario sabía dónde hallarlo.

La semana siguiente al 30 de julio es recordada como el momento en que se produjo el desplome parcial de Blake. No se vestía y pedía la comida por teléfono. Los visitantes reparaban en las cuerdas que tenía cerca de la cama, y él se justificaba diciendo que el sonambulismo le había obligado a atarse, cada noche, los tobillos, con la idea de que lo retendrían o lo despertarían antes de desatarse.

En su diario habla de la espantosa experiencia que lo llevó al colapso. Luego de acostarse, la noche del 30, se había encontrado, de repente, moviéndose a tientas por un espacio casi completamente oscuro. Todo lo que podía ver eran líneas cortas, débiles y horizontales de luz azulada, oler un hedor que lo impregnaba todo y escuchar una curiosa sarta de débiles y furtivos sonidos encima de él. Cada vez que se movía tropezaba con algo y, a cada sonido, le llegaba una especie de ruido en respuesta encima de su cabeza; un vago remover, mezclado con el cauteloso deslizar de madera sobre madera.

Tanteando, sus manos fueron a topar con un pilar de piedra sin nada encima, y más tarde se encontró aferrando los travesaños de la escalera tallada en el muro para trepar hacia arriba, hacia algún lugar lleno de un intenso hedor, desde donde surgía un cálido abrasador soplo que golpeaba contra él. Ante sus ojos se desplegó una calidoscópica gama de fantasmales imágenes que se disolvían a intervalos en la visión de un inmenso e insondable abismo nocturno en el que giraban soles, mundos e incluso una negrura aún más profunda. Recordó las antiguas leyendas del Caos Supremo, en cuyo centro se aposenta el dios ciego e idiota Azatoth, Señor de Todas las Cosas, rodeado por su maleable horda de bailarines amorfos y sin mente, acunado por los agudos y monótonos sones de demoníacas flautas tocadas por zarpas indescriptibles.

Luego, un fuerte sonido procedente del mundo exterior se abrió paso a través de su aturdimiento y le hizo consciente del tremendo horror de la posición en la que se hallaba. Qué fue exactamente, nunca lo supo; quizá algún tardío estallido de los fuegos artificiales que se escuchaban durante todo el verano en Federal Hill, cuando sus habitantes festejaban a sus diversos patronos, o a los santos de sus pueblos natales en Italia. En cualquier caso, lanzó un alarido, se dejó caer frenéticamente por la escalera y fue dando tumbos a ciegas, por el suelo cubierto de escombros, a lo largo de aquella estancia, casi a oscuras, en la que se hallaba.

Supo de inmediato qué lugar era aquel y se lanzó sin demora por la estrecha escalera de caracol, tropezando y golpeándose a cada vuelta. Hubo una carrera de pesadilla a través de una nave inmensa llena de telarañas, cuyos fantasmales arcos se sumían en una oscuridad acechante, un pasar a ciegas a través de un sótano cubierto de escombros y el ascenso a regiones exteriores, llenas de aire y luces callejeras, así como una loca fuga por una espectral colina de buhardillas torcidas, luego a través de una ciudad hosca y silenciosa de torres negras y, por último, cuesta arriba hacia el barranco oriental, hasta llegar a su propia y antigua casa.

Al recobrarse a la mañana siguiente se encontró yaciendo en el suelo del estudio completamente vestido. Estaba cubierto de suciedad y telarañas, y cada centímetro de su cuerpo parecía dolorido y magullado. Al mirarse al espejo vio que su pelo estaba seriamente abrasado y que un olor extraño y maligno parecía manar de las ropas de su parte superior. Fue entonces cuando sus nervios cedieron. En adelante se quedó descansando, envuelto en una bata, haciendo poco más que mirar desde su ventana occidental, estremeciéndose cada vez que sonaba un trueno, y haciendo extrañas anotaciones en su diario.

La gran tormenta se desató justo antes de la medianoche, el 8 de agosto. Los rayos cayeron en multitud de ocasiones por todas partes en la ciudad y se informó acerca de dos grandes bolas de fuego. La lluvia se hizo torrencial, mientras un constante resonar de truenos rompía por cientos sin pausa. Blake se volvió frenético en sus temores acerca del sistema eléctrico e intentó telefonear a la compañía alrededor de la una, aunque en esos momentos el servicio había sido temporalmente interrumpido por razones de seguridad. Lo consignó todo en su diario; garabatos grandes, nerviosos y a menudo indescifrables que contaban su propia historia de creciente miedo y desesperación, dando fe de registros hechos a ciegas en la oscuridad.

Tenía que mantener a oscuras la casa, para mirar por la ventana, y parece que pasó la mayor parte del tiempo sentado en su escritorio, observando ansiosamente a través de la lluvia, más allá de los relucientes kilómetros de techos del barrio comercial y la constelación de luces lejanas que marcaban Federal Hill. De vez en cuando hacía una anotación a tientas en su diario, de la que destacan frases como «No deben apagarse las luces», «Sabe dónde encontrarme», «He de destruirlo» y «Me está reclamando, pero quizá no me haga daño en esta ocasión», que siembran al azar dos de las páginas.

Luego, las luces se apagaron en toda la ciudad. Fue a las 2,12 de la madrugada, según consta en los registros de la central eléctrica, pero el diario de Blake no menciona la hora. La anotación dice sencillamente «las luces se han apagado... Dios me asista». En Federal Hill había observadores tan ansiosos como él, y grupos de hombres empapados se concentraban en la plaza y callejas cercanas a la maligna iglesia, con velas protegidas por paraguas, linternas eléctricas, lámparas de petróleo, crucifijos y extraños amuletos de muchas formas, comunes en la Italia del sur. Rezaban a cada restallar del relámpago y realizaban crípticos signos con sus manos diestras según las variaciones de la tormenta hacía que los relámpagos menguasen, hasta cesar del todo. El aumento del viento apagó la mayor parte de las velas y la escena se hizo aún más amenazadoramente oscura. Alguien avisó al padre Merluzzo, de la Iglesia · del Espíritu Santo, y este se apresuró a acudir a la ensombrecida plaza con las primeras sílabas de aliento que le vinieron a la cabeza. Ya no cabía duda alguna de que de la oscura torre salían sonidos incesantes y curiosos.

De lo acaecido a las 2,35 de la madrugada tenemos los testimonios del sacerdote, una persona joven, inteligente y de buena cultura; el patrullero William J. Monahan, de Central Station, un agente de la mayor confianza, que se había detenido en esa parte de su ronda para inspeccionar a la muchedumbre; y los de la mayor parte de los setenta y ocho hombres reunidos en torno al muro y el rellano de la iglesia, especialmente aquellos que estaban en la plaza, en donde la fachada oriental era visible. Por supuesto, no sucedió nada que se pueda demostrar que fuera contrario al orden natural. Hay multitud de causas que pueden explicar lo que sucedió. Nadie puede decir con certeza qué oscuros procesos químicos se desencadenan en un edificio grande, antiguo, mal ventilado y vacío desde hace mucho, que se halla abarrotado de contenidos diversos. Vapores mefíticos, combustión espontánea, presión de gases surgidos de la descomposición; innumerables fenómenos pueden haber sido los responsables. Y, desde luego, no puede descartarse alguna superchería organizada. Lo que ocurrió, en sí mismo, es algo bastante simple y no ocupó más allá de tres minutos. El padre Merluzzo, hombre preciso en todo momento, miró repetidas veces su reloj.

Comenzó con una audible serie de sonidos tenues, como de hurgar, dentro de la torre negra. Durante cierto tiempo se había notado la vaga presencia de olores extraños y malignos que surgían de la iglesia, y ahora se tornaron punzantes y ofensivos. Luego, por fin, se oyó el sonido de la madera astillada y un objeto, grande y pesado, cayó al patio, ante la ceñuda fachada oriental. La torre era ahora, con las velas apagadas, invisible; pero, según el objeto llegaba al suelo, la gente comprendió que se trataba de la contracubierta ahumada de esa ventana de la torre este.

De inmediato se desató un hedor completamente insoportable que llegó de las invisibles alturas, golpeando y mareando a los estremecidos espectadores, hasta el punto de que casi los derribó. Al mismo tiempo, el aire tembló con la agitación de unas alas y un brusco viento de levante, más violento que cualquier ráfaga anterior, arrancó los sombreros y arrebató los goteantes paraguas de la multitud. Nada definido se pudo ver en la noche sin velas, aunque algunos espectadores que miraban hacia arriba creyeron entrever un gran y difuso borrón de negrura, más densa, recortarse contra el cielo como tinta; algo así como una informe nube de humo que se lanzó con meteórica velocidad hacia el este.

Eso fue todo. Los observadores se quedaron medio petrificados de miedo, espanto y desazón, y apenas sabían qué hacer, o siquiera si había algo que hacer. No sabiendo qué había sucedido, no descuidaron su vigilancia y, un momento más tarde, entonaron una plegaria, cuando el gran destello de un tardío relámpago, seguido de un estruendo ensordecedor, desgarrarón los cielos abiertos. Media hora más tarde cesó la lluvia y, un cuarto de hora después, las luces callejeras volvieron a encenderse, permitiendo que los cansados y mojados observadores se volvieran aliviados a casa.

Los periódicos del día siguiente hicieron escasa mención a todo eso, en comparación con lo que informaron sobre la tormenta en general. Al parecer, el gran relámpago y el estruendo ensordecedor consiguiente de Federal Hill fueron aún más tremendos lejos, al este, donde también se notó un efluvio de singular hedor. El fenómeno fue más potente sobre

College Hill, donde el impacto despertó a todos cuantos dormían y los llevó a ı na delirante sucesión de especulaciones. De entre los que estaban ya despiertos, solo unos pocos vieron anormal relámpago cerca de la cima de la colina, o se percataron de la inexplicable ráfaga de aire que casi arrancó las hojas de los árboles y las plantas de los jardines. Se llegó a la conclusión de que el solitario y repentino rayo debía haber impactado en la vecindad, aunque no se encontró ningún daño más tarde. Un joven de la fraternidad Tau Omega creyó haber visto una grotesca y espantosa masa de humo en el aire, justo al desatarse el relámpago previo, pero su apreciación no ha sido constatada. Los escasos observadores coinciden, no obstante, en el violento soplo del oeste y en la ola de intolerable hedor que precedió al posterior impacto, al tiempo que es igualmente general la apreciación tocante al olor a quemado que siguió al impacto.

Todo eso fue discutido con sumo cuidado, debido a su probable relación con la muerte de Robert Blake. Estudiantes de la casa Psi Delta, cuyas ventanas superiores miraban al estudio de Blake, se fijaron en la desdibujada cara que se asomaba a la ventana oeste la mañana del 9, y se preguntaron qué era lo raro en esa expresión. Cuando vieron el mismo rostro, y en la misma posición, por la tarde, se preocuparon y esperaron a ver si encendía las luces de ese apartamento. Más tarde llamaron a ese piso a oscuras y, por último, un policía forzó la puerta.

El cuerpo rígido estaba sentado en el escritorio, junto a la ventana, y cuando los que entraron vieron los ojos vidriosos y desorbitados, y las señales de un miedo terrible y convulsivo en las retorcidas facciones, sintieron un enfermizo desfallecimiento. Poco después, el médico forense lo examinó y, pese a las ventanas intactas, dictaminó que la causa de la muerte era un choque eléctrico o un golpe nervioso causado por una

138

descarga. Pasó por alto la espantosa expresión, achacándola con toda probabilidad a la profunda conmoción experimentada por una persona de imaginación tan anormal y emociones tan desbocadas. Dedujo la existencia de tales cualidades a partir de los libros, pinturas y manuscritos hallados en el apartamento, y de las anotaciones, ciegamente garabateadas, en el escritorio del diario. Blake había seguido sus frenéticos apuntes hasta el final, y encontraron el lápiz con la punta rota en su crispada mano derecha.

Las notas posteriores al apagón resultaban totalmente deslavazadas y solo en parte legibles. A partir de ellas, ciertos investigadores han sacado conclusiones que difieren enormemente del prosaico dictamen oficial; pero es difícil que tales especulaciones sean creídas por mentes conservadoras. La postura de tales teóricos no se ha visto para nada ayudada por la acción del supersticioso doctor Dexter, que lanzó la curiosa caja y esa piedra angulosa —un objeto que es cierto que era parcialmente luminoso, como se pudo constatar en el negro campanario sin ventanas donde fue encontrado— al canal más profundo de la bahía de Narragansett. Casi todos achacan esos apuntes finales y frenéticos a la excesiva imaginación y al desorden nervioso de Blake, agravados por el conocimiento del maligno culto cuyos estremecedores restos había descubierto. Estas son las anotaciones... o lo que puede sacarse en claro de ellas.

Las luces siguen apagadas; deben haber pasado ya cinco minutos. Todo depende de los relámpagos. ¡Yaddith quiera que se mantengan!... alguna influencia parece asomar detrás de todo esto... la lluvia y los truenos y el viento son ensordecedores... el ser se está apoderando de mi mente.

Problemas con la memoria. Veo cosas que nunca conocí. Otros mundos y otras galaxias... oscuridad... los relámpagos parecen oscuridad y la oscuridad luz.

La colina y la iglesia que veo en la oscuridad total no pueden ser reales. Debe tratarse de alguna impresión retinal dejada por los rayos. ¡Quiera el cielo que los italianos estén allí con sus velas, si cesan los relámpagos!

¿De qué tengo miedo? ¿No es un avatar de Nyarlathotep, que en la antigua y sombría Kem aún tomaba forma de hombre? Recuerdo Yuggoth y la más lejana Shaggai, y el postrer vacío de los negros planetas...

El largo y agitado vuelo a través del vacío... no puedo cruzar el universo de luz... recreado por los pensamientos captados en el Trapezoide Resplandeciente... enviado a través de los horribles abismos luminosos...

Mi nombre es Blake, Robert Harrison Blake, del 620 de East Knapp Street, Milwaukee, Wisconsin... soy de este planeta.

¡Azatoth se apiade de mí! Ya no relampaguea... horrible... puedo verlo todo con un sentido que no es el de la vista... la luz es oscuridad y la oscuridad luz... esa gente en la colina... guardia... velas y amuletos... sus curas...

Ha desaparecido la percepción de las distancias... lejos es cerca y cerca lejos. No hay luz... ni cristal... veo ese campanario... esa torre... puedo oír... Roderick Usher... estoy loco o volviéndome loco... la cosa está arañando y tanteando en la torre... soy el ser y el ser soy yo... quiero salir... debo salir y unir las fuerzas... sabe dónde estoy.

Soy Robert Blake, pero veo la torre en la oscuridad. Hay un olor monstruoso... los sentidos mutan... las contraventanas de esa torre ceden y caen... Iä... nagai... ygg...

Lo veo... viniendo... viento infernal... mancha titánica... alas negras... Yog—Sothoth se apiade de mí... ese ardiente ojo de tres lóbulos...

En los muros de Erix*

ANTES DE TRATAR DE DESCANSAR, voy a escribir estas notas, anticipando el informe que debo presentar. Lo que he encontrado es tan singular y tan contrario a todas mis anteriores experiencias y expectativas que merece una descripción con todo detalle.

Llegué al principal asentamiento de Venus el 18 de marzo, fecha terrestre; el 9 del VI según el calendario planetario. Habiendo sido asignado al grupo principal, al mando de Miller, recibí mi equipo —y un reloj adaptado a la rotación, ligeramente más rápida, de Venus— y el entrenamiento habitual con la máscara. Al cabo de dos días me encontraba listo para poner manos a la obra.

Dejando el puesto de la Crystal Company en Terra Nova, al alba, seguí la ruta sureña que Anderson había cartografiado desde el aire. El trayecto fue arduo, ya que esas junglas se hacen casi impracticables después de la lluvia. Debe ser la humedad lo que da a las lianas enredadas y a los tallos rastre-

---

*Título original: *In the walls of Eryx* (enero de 1936). Publicado por primera vez en la revista *Weird Tales* (octubre de 1939). Colaboración con Kenneth Sterling.

ros esa resistencia correosa; una reciedumbre tan grande que, a veces, se necesitan diez minutos para cortar uno de ellos con un cuchillo. A mediodía todo estaba más seco —la vegetación tornándose más blanda y elástica, por lo que el cuchillo la cortaba con mayor facilidad—, pero incluso entonces no pude moverme con demasiada velocidad. Esta máscara de oxígeno Carter es demasiado pesada; tan solo por llevarla puesta, un hombre normal está ya medio agotado. Una máscara Dubois con esponja en vez de tubos suministra aire bueno con la mitad del peso.

El detector de cristal parecía funcionar bien, apuntando sin cesar en una dirección constatada en el informe de Anderson. Es curioso cómo funciona ese principio de afinidad, sin ninguna de las imposturas de los «zahoríes» terrestres. Debe haber un gran depósito de cristales a un millar de kilómetros, aunque supongo que esos malditos hombres-lagarto estarán en guardia constante y lo protegerán. Posiblemente piensan que somos unos mentecatos por venir a Venus a buscar eso, tal y como nosotros pensamos que lo son por humillarse en el fango en cuando ven una pieza, o por guardar esa gran masa en un pedestal de su templo. Me gustaría que se buscasen otra religión, ya que ellos no dan a los cristales más uso que rezar delante de los mismos. Eliminada la teología, nos dejarían coger lo que queremos; e incluso aprenderían a explotarlos con vistas a conseguir una energía que sería suficiente para su planeta y la Tierra juntos. En lo que a mí me toca, estoy cansado de soslayar los depósitos principales y tener que contentarme con los cristales sueltos en los lechos ribereños de la jungla. Algún día instaré a la eliminación de estos pordioseros escamosos mediante un ejército bien armado traído de la Tierra. Veinte naves pueden transportar soldados bastantes como para solventar el tema. No se puede llamar a estos malditos seres hombres solo porque tengan «ciu-

142

dades» y torres. No tienen habilidad alguna excepto la de construir —y usar espadas y dardos envenenados—, y no creo que sus cacareadas ciudades impliquen mucha más inteligencia que la construcción de hormigueros o presas de castores. Dudo siquiera que tengan verdadero lenguaje, y todas esas historias sobre comunicación psicológica a través de esos tentáculos de su pecho me parecen una sandez. Lo que llama a confusión a la gente es su postura erecta, una semejanza accidental con un hombre de la Tierra.

Me gustaría transitar por la jungla de Venus sin tener que estar atento a posibles grupos emboscados o a evitar sus malditos dardos. Puede que fueran soportables antes de que empezásemos a recolectar cristales, pero, desde luego, se han convertido en una molestia considerable ahora, con sus ataques mediante dardos y los cortes de nuestras conducciones de agua. Cada vez estoy más convencido de que tienen un sentido especial, igual al de nuestros detectores de cristal. No se conoce ni un caso en el que hayan molestado a un hombre —aparte de acosarlo a distancia— que no llevase cristales encima.

Hacia la una de la tarde, un dardo estuvo a punto de arrancarme el casco, y creí, por un segundo, que había perforado mis tubos de oxígeno. Aquellos demonios furtivos no habían hecho sonido alguno y tres de ellos se habían situado muy cerca de mí. Los despaché barriendo en círculo con mi pistola lanzallamas, ya que, aunque se mezclaban gracias a su color con la jungla, pude detectar sus movimientos. Uno de ellos medía sus buenos dos metros y medio, con un morro como el de un tapir. Los otros dos tenían el tamaño, normal, de poco más de dos metros. Lo único que les hace un rival temible es su gran número... un simple regimiento de lanzallamas podía mandarlos a todos al infierno. Es curioso, sin embargo, que hayan llegado a ser la especie dominante en el planeta. No hay otro ser vivo tan grande, fuera de los sinuo-

143

sos akmans y skorahs, o los tukahs volantes del otro continente; a no ser, desde luego, que algo se oculte en esos agu-
jeros de la Meseta Dioanea.

Hacia las dos de la tarde, mi detector apuntó al oeste,
señalando la presencia de cristales aislados delante y a mi derecha. Esto concordaba con las mediciones de Anderson y, en
consecuencia, varié mi ruta. Fue algo arduo, no solo porque
el terreno se volvía empinado, sino porque aumentaba la presencia de vida animal y de plantas carnívoras. No hacía otra
cosa que acuchillar upgrats y pisar skorhas, y mi traje de cuero
estaba todo punteado por los darohs que iban a estrellarse
contra él desde todas partes. La luz del sol era enfermiza, debido a las brumas, y no acababa de secar los fangos del todo.
Cada vez que pisaba, mi pie se hundía doce o quince centímetros, y había un sonido succionante, un *blup*, cuando lo
alzaba. Me gustaría que alguien inventase una forma segura de
vestimenta, que no fuese de cuero y capaz de soportar este
clima. La tela se pudriría, desde luego, pero tendría que ser
factible, alguna vez, desarrollar algún tipo de tejido delgado,
metálico e irrompible, tal como la superficie de este rollo de
escritura a prueba de corrosión.

Comí alrededor de las 3.30; si es que a deslizar estas miserables tabletas alimenticias a través de la máscara se puede llamar comer. Al poco de eso me percaté de un gran cambio en
el paisaje; las flores brillantes y de aspecto venenoso cambia-
ron de color y adoptaron un aspecto tétrico. Los contornos de
las cosas rielaban rítmicamente y brillantes puntos de luz aparecían y danzaban al mismo compás, lento y definido. La tem-
peratura parecía fluctuar también, acompasada a un peculiar
tamborileo rítmico.

Todo el universo parecía estar latiendo, con profundas y
regulares pulsaciones que colmaban todos los volúmenes y
fluían a través de mi cuerpo y mi mente. Perdí todo sentido

144

del equilibrio y me tambaleé mareado, sin que cambiara nada por el hecho de cerrar los ojos y cubrir mis oídos con las manos. No obstante, mi mente conservaba la lucidez y, en poco tiempo, comprendí qué estaba pasando.

Me había topado, por fin, con una de esas curiosas plantas-espejismo sobre las que otros hombres tantas historias me habían contado. Anderson ya me había puesto en guardia contra ellas, y me había descrito su apariencia con todo lujo de detalles; el tallo velludo, las hojas puntiagudas y las flores moteadas, cuyas emanaciones, gaseosas y narcóticas, se infiltraban en todos los tipos de máscaras existentes.

Recordando lo que le había sucedido a Bailey hacía tres años, sentí un pánico momentáneo y comencé a correr y dar traspiés a través del mundo loco y caótico que las emanaciones de la planta habían conjurado en torno a mí. Luego recobré el sentido común y comprendí que todo lo que necesitaba hacer era apartarme de las flores peligrosas, rebasando la fuente de pulsaciones y abriéndome camino a ciegas —no importa lo que pudiera estar contorsionándose en torno a mí— hasta salir del radio de acción de la planta.

Aun cuando todo giraba peligrosamente a mi alrededor, traté de moverme en la dirección correcta y me puse en marcha hacia delante. Debí apartarme mucho del camino, ya que parecieron pasar horas antes de que me viese libre de la penetrante influencia de la planta. Gradualmente, las danzarinas luces comenzaron a desaparecer y la escena, brillantemente espectral, empezó a adoptar un aspecto de solidez. Una vez aclarada la cabeza, miré el reloj y me quedé asombrado al ver que solo eran las cuatro y veinte. Aunque parecían haber pasado eternidades, toda aquella experiencia había tenido lugar en menos de media hora.

Los retrasos, sin embargo, eran fastidiosos y, al huir de la planta, había perdido terreno. De nuevo me lancé adelante, cuesta arriba, en la dirección marcada por el detector de cristales, poniendo todas mis fuerzas en un intento de ganar tiempo. La jungla era aún espesa, aunque había menos vida animal. En cierta ocasión, una flor carnívora se tragó mi pie derecho y me sujetó con tanta fuerza que tuve que liberarme a cuchilladas, reduciendo a trizas la flor.

En menos de una hora, vi que las espesuras selváticas menguaban y, hacia las 5 —tras pasar un cinturón de helechos gigantes y escaso matorral—, salí a una amplia llanura musgosa. Avancé entonces con rapidez y pude constatar, por las oscilaciones de mi aguja detectora, que me hallaba relativamente cerca del cristal buscado. Aquello resultaba extraño, ya que la mayoría de los esferoides, dispersos y ovoides, solían aparecer en las corrientes fluviales de la selva, de forma que no era normal encontrar uno en un altiplano desarbolado como ese.

El terreno seguía ascendiendo, para acabar en una cresta. Llegué a la cima alrededor de las 5.30 y, más allá, me encontré con una llanura muy extensa, con bosques en la distancia. Aquello, sin discusión posible, era la llanura cartografiada por Matsugawa desde el aire, hacía cincuenta años, y registrada en nuestros mapas como Eryx o Altura Ericiana. Pero lo que hizo que mi corazón diera un brinco fue un detalle menor, algo que debía estar situado prácticamente en el centro exacto de la llanura. Se trataba de un simple punto de luz que resplandecía a través de la bruma, pareciendo emitir una luminiscencia penetrante y concentrada, merced a los amarillentos, y desvaídos por el vapor, rayos solares. Aquello, sin duda alguna, era el cristal que buscaba; un objeto, sin duda, no más grande que un huevo de gallina y que, sin embargo, albergaba energía suficiente como para dar calefacción a una ciudad durante un año. A duras penas pude concebir, mientras contemplaba el lejano resplandor, que esos miserables hombres-lagarto adorasen a tales cristales. Y, aun así, no tenían la más mínima idea de los poderes que estos contenían.

Lanzándome a una rápida carrera, traté de alcanzar la inesperada recompensa tan pronto como me fuese posible y me disgustó el hecho de que el musgo firme diera paso a un barro fino y singularmente detestable, salpicado de ocasionales parches de hierbajos y plantas rastreras... apenas se me ocurrió mirar alrededor, en busca de hombres-lagarto al acecho. En aquel espacio abierto era difícil que me atacasen por sorpresa. Según iba avanzando, la luz de delante parecía crecer en tamaño y brillo, y comencé a percatarme de algunas peculiaridades en su situación. Aquel era, claramente, un cristal de la mejor calidad y mi júbilo crecía a cada paso que daba chapoteando.

Será a partir de ahora cuando empiece a ser cuidadoso en mi informe, ya que lo que voy a contar, a partir de este momento, incluye cuestiones —aunque, por fortuna, constatables— sin precedentes. Iba corriendo hacia delante, cada vez con mayor ansiedad, y había llegado a algo así como un centenar de metros del cristal —cuya situación en una especie de lugar elevado, en medio del omnipresente limo, resultaba de lo más extraña—, cuando una fuerza repentina y tremenda golpeó mi pecho y los nudillos de mis puños apretados y me lanzó de espaldas al barro. El chapoteo de mi caída fue terrorífico, y solo la blandura del suelo y la presencia de algunas fangosas hierbas y plantas rastreras me salvaron de una conmoción. Me quedé tendido durante un momento, demasiado aturdido como para pensar. Luego me alcé tambaleante, casi automáticamente, y comencé a sacudir lo peor del barro y el verdor adheridos a mi traje de cuero.

No tenía la menor idea de con qué había chocado. No había visto nada que pudiera haber provocado el golpe y ahora tampoco distinguía nada. ¿No habría, después de todo, simplemente resbalado en el barro? Pero mis nudillos lastimados y mi pecho dolorido impedían pensar tal cosa. ¿O era todo una ilusión provocada por alguna planta-espejismo oculta? Eso no parecía posible, ya que no presentaba ninguno de los síntomas habituales y no había ningún lugar cerca donde una floración tan llamativa y característica pudiera medrar sin ser vista. De haber estado en la Tierra, hubiera sospechado la existencia de una barrera de fuerza N, colocada por algún gobierno para marcar una zona prohibida; pero en esta región deshabitada una idea así resultaba absurda.

Obligándome a moverme, decidí investigar con cautela. Con el cuchillo tendido, todo lo delante de mí que podía, para sentir con él la presencia de cualquier fuerza extraña, avancé una vez más hacia el cristal, dispuesto a moverme paso a paso con el mayor de los cuidados. Al tercer paso, sentí el impacto de la punta de mi cuchillo contra una superficie aparentemente sólida... una superficie de la que nada veían mis ojos.

Tras recular un momento, cobré valor. Tendiendo mi enguantada mano izquierda, verifiqué la existencia de materia sólida e invisible —o de una ilusión táctil de materia sólida— delante de mí. Moviendo la mano, descubrí que la barrera era de gran extensión y de una suavidad casi cristalina, sin nada que pudiera indicar la presencia de bloques encajados. Fortaleciéndome para seguir experimentando, me quité el guante y tanteé aquello con la mano desnuda. Era, en efecto, de una sustancia dura y cristalina, de una curiosa frialdad que contrastaba con la atmósfera. Forcé la vista en un esfuerzo por lograr cualquier atisbo de la sustancia de la barrera, pero no pude discernir nada en absoluto. No había evidencia alguna de refracción, según pude comprobar por el paisaje situado más allá. La ausencia de poder reflectante quedaba demostrada por la falta de cualquier imagen especular y resplandeciente del sol en esa superficie.

148

La curiosidad desatada comenzó a desplazar cualquier otro sentimiento, y realicé tantas investigaciones como me fue posible. Explorando con la mano, descubrí que la barrera iba del suelo hasta una altura mayor de lo que podía alcanzar, y que se extendía, por ambos lados, de forma indefinida. Era, entonces, un *muro* de algún tipo, aunque no podía imaginarme sus propósitos ni los materiales con los que estaba edificado. Me vinieron a la cabeza, de nuevo, las plantas-espejismo y los sueños que provocan, pero, con tan solo razonar un momento, descarté tal idea.

Golpeando con fuerza la barrera con la empuñadura de mi cuchillo, y pateándolo con mis pesadas botas, traté de interpretar los sonidos producidos. Había algo en sus reverberaciones que sugería cemento u hormigón, aunque, al tacto, había encontrado aquella superficie más bien cristalina o metálica. Lo cierto es que yo estaba frente a frente a algo completamente extraño, ajeno a cualquier cosa conocida.

El siguiente paso lógico era hacerme alguna idea de las dimensiones del muro. La cuestión de la altura era un problema difícil, pero no insoluble; sin embargo, lo primero era determinar la longitud y la forma. Tendiendo los brazos y palpando la barrera, comencé a bordear poco a poco, fijándome cuidadosamente en el camino recorrido. Al cabo de varios pasos concluí que el muro no corría recto, sino que parecía seguir algún gran círculo o elipse. Luego, mi atención se vio prendida por el cristal, aún lejano, que había sido el objeto de mi búsqueda.

Ya he dicho que, incluso a mayor distancia, la situación del objeto resplandeciente parecía, en alguna forma indefinible, extraña: colocado sobre un pequeño montículo que se alzaba del limo. Ahora —a una distancia de unos cien metros— pude ver claramente, pese a la bruma que lo velaba todo, de qué clase de montículo se trataba. Era el cuerpo de un hombre, vestido con uno de los trajes de cuero de la Crystal Company, yaciendo sobre la espalda y con su máscara de oxígeno medio enterrada en el fango, a un palmo de él. En su mano derecha, crispada convulsivamente contra el pecho, estaba el cristal que me había llevado hasta aquel paraje; un esferoide de tamaño increíble, tan grande que los dedos muertos apenas podían circundarlo. Incluso a esa distancia, pude ver que el cuerpo no podía llevar mucho tiempo allí. Mostraba escasa descomposición y, en un clima como aquel, eso significaba que no hacía ni un día que había muerto. Pronto, las espantosas moscas-farnoth comenzarían a agolparse sobre el cadáver. Me pregunté quién sería aquel hombre. Seguramente, nadie que me hubiera encontrado en ese viaje. Debía tratarse de uno de los veteranos, ausentes en una travesía de gran duración, que debía haber llegado a la región independientemente de la inspección realizada por Anderson. Ahora allí yacía, libre ya de cualquier cuita, y con los rayos del gran cristal relampagueando entre sus dedos rígidos.

Durante por lo menos cinco minutos me quedé allí plantado, observando atónito y lleno de aprensión. Me asaltó un curioso miedo y sentí el irrazonable impulso de salir corriendo. Aquella muerte no podía ser obra de los furtivos hombres-lagarto, ya que el cadáver aún conservaba el cristal encontrado. ¿Habría tenido algo que ver el muro invisible? ¿Dónde habría encontrado el cristal? El instrumental de Anderson ya había indicado la presencia de uno en la zona bastante antes de que el hombre hubiera muerto. Fue entonces cuando comencé a contemplar a la barrera como algo siniestro, y reculé con un escalofrío. Y, sin embargo, sabía que debía ahondar en aquel misterio todo lo rápido y profundo que pudiera, debido a esa reciente tragedia.

De repente —obligándome a devolver la mente al problema más inmediato— se me ocurrió la posible forma de

150

probar la altura de los muros o, al menos, de constatar que no se extendía indefinidamente hacia arriba. Cogiendo un puñado de fango, lo escurrí hasta que adquirió cierta consistencia, antes de lanzarlo contra esa barrera completamente transparente. A una altura de alrededor de cuatro metros golpeó contra la superficie invisible, con sonoro chapoteo, se desintegró instantáneamente y resbaló hacia abajo en regueros que desaparecieron con sorprendente rapidez. Sin duda, aquel muro tenía gran altura. Un segundo puñado, lanzado en ángulo más agudo, impactó contra la superficie a algo de menos de seis metros de alto y desapareció tan rápido como el primero.

Entonces hice acopio de fuerzas y me dispuse a lanzar un tercer puñado tan arriba como pudiese. Dejando escurrir el barro y estrujándolo para obtener la máxima sequedad posible, lo arrojé tan alto que temí que no llegase a la vertical de aquella superficie interpuesta. Llegó, no obstante, y esta vez cruzó la barrera y cayó, con violento chapuzón, en el barro de más allá. Al menos tenía ya una ligera idea de la altura del muro, ya que el paso había tenido lugar a seis metros, o poco más, de altura.

Siendo un muro vertical de unos seis metros de cristalina tersura, el ascenso era claramente imposible. Debía, entonces, continuar circundando la barrera, con la esperanza de encontrar una puerta, un final o una interrupción de cualquier especie. ¿Formaría aquel obstáculo un círculo, o cualquier otra figura cerrada, o sería simplemente un arco o un semicírculo? Poniendo manos a la obra, reanudé mi lento circundar hacia la izquierda, moviendo las manos arriba y abajo por la invisible superficie, con la esperanza de encontrar alguna ventana, o cualquier otra pequeña abertura. Antes de arrancar, traté de marcar mi posición abriendo un pequeño hoyo en el barro, pero el limo era demasiado fluido como para permitir marcas. Podía, no obstante, situar aproximadamente el lugar, gracias a

151

una alta cícada del lejano bosque, situada justo en línea con el cristal refulgente, y a unos cien metros de distancia. No podría decir si había o no puerta o brecha hasta no haber circunnavegado por completo el muro.

No tuve que avanzar mucho para llegar a la conclusión de que aquella curvatura indicaba que el recinto era un ruedo de unos cien metros de diámetro, en caso de que el perímetro fuese regular. Aquello podía significar que el muerto yacía cerca del muro, en un punto casi opuesto al lugar donde yo había comenzado a circundar. ¿Se hallaba dentro o fuera del recinto? Eso era algo que pronto podría comprobar.

Mientras contorneaba lentamente la barrera, sin encontrar ninguna puerta, ventana o brecha, decidí que el cuerpo yacía en el interior. Vistas de cerca, las facciones del muerto resultaban vagamente perturbadoras. Encontré algo alarmante en su expresión y en la forma en que los ojos vidriosos miraban. Cuando ya me hallé muy cerca, creí reconocer en él a un tal Dwight, un veterano con el que nunca había hablado, pero que me habían señalado, el año pasado, en el puesto. El cristal que aferraba era, desde luego, toda una recompensa... el ejemplar más grande que nunca hubiera visto.

Estaba tan cerca del cuerpo que, de no mediar la barrera, le hubiera podido tocar, y mi zurda, explorando, encontró una esquina en la invisible superficie. En un instante constaté que había una abertura de unos noventa centímetros de ancho, yendo desde el suelo hasta una altura mayor de la que podía alcanzar. No había puerta ni marcas de bisagras que indicasen que hubiera habido una alguna vez. Sin dudar un momento, pasé a su través y avancé dos pasos hacia el cuerpo caído, que yacía en ángulo recto con la abertura, pareciendo encontrarse en un corredor intersectante y sin puertas. Mi curiosidad se reavivó al descubrir que el interior de aquel vasto recinto se hallaba dividido mediante tabiques.

Al agacharme a examinar el cadáver, descubrí que no tenía heridas. Aquello no me sorprendió, ya que la presencia del cristal era un argumento en contra del ataque de los nativos seudorreptilianos. Mirando alrededor, en busca de alguna posible causa de la muerte, mis ojos repararon en la máscara que yacía a los pies del muerto. Aquello, sin duda, era altamente significativo. Sin aquel artefacto, ningún ser humano podía respirar el aire de Venus durante más de treinta segundos, y Dwight, si era él, lo había obviamente perdido. Probablemente, se lo había abrochado con descuido, de tal forma que el peso de los tubos había hecho que se soltasen las correas... algo que no hubiera ocurrido con una máscara de recipientes esponjosos Dubois. El medio minuto de gracia no había bastado para que aquel hombre pudiera agacharse y recoger su protección, o quizá el contenido cianógeno de la atmósfera había sido anormalmente alto. Probablemente se había entretenido admirando el cristal, dondequiera que lo hubiese encontrado. Acababa, al parecer, de sacarlo de la bolsa del traje, ya que la solapa estaba desabrochada.

Procedí entonces a arrebatar el gran cristal de los dedos del prospector muerto. Una tarea que, dada la rigidez del cadáver, resultó de lo más dificultosa. El esferoide era más grande que un puño humano y resplandecía, como si estuviese vivo, en los rojizos rayos del sol poniente. Al tocar aquella fulgurante superficie me estremecí involuntariamente, como si, por el hecho de coger aquel objeto precioso, me hubiera transferido a mí mismo la maldición que había tocado a su anterior portador. No obstante, pronto pasaron esos escrúpulos y guardé cuidadosamente el cristal en la bolsa de mi traje de cuero. La superstición no ha sido nunca uno de mis puntos flacos.

Tras colocar el casco del hombre sobre aquel rostro muerto de ojos abiertos, me enderecé y retrocedí hacia la invisible puerta de entrada al gran recinto. De nuevo me vino la curiosidad sobre aquel extraño edificio y me devané los sesos con especulaciones tocantes al material del que estaba hecho, así como sobre su origen y propósitos. Ni por un momento supuse que hubiera sido alzado por manos humanas. Nuestras naves habían llegado por primera vez a Venus hacía 72 años y los únicos seres humanos en todo el planeta eran los de Terra Nova. Nuestros conocimientos no incluían ningún sólido tan transparente y no refractario como la sustancia de que estaba hecha esa edificación. Podían descartarse invasiones prehistóricas de Venus, así que no quedaba sino la idea de una construcción nativa. ¿Acaso una olvidada raza de seres altamente evolucionados había precedido a los hombres-lagarto como amos de Venus? Pese a sus ciudades elaboradamente construidas, resultaba difícil de encajar a los seres seudorreptilianos con nada de esa clase. Debía haber sido construida, eones atrás, por otra raza, y esta era quizá la última reliquia. ¿O podría ser que expediciones futuras descubrieran ruinas de origen similar? El propósito de tales estructuras sobrepasaba cualquier conjetura... pero su forma extraña y, al parecer, carente de destino práctico sugerían un uso religioso.

Admitiendo mi incapacidad para resolver tales problemas, llegué a la conclusión de que todo lo que podía hacer era explorar aquella invisible estructura. Estaba convencido de que varias estancias y galerías se extendían por el aparentemente intacto suelo de barro y tenía la creencia de que el conocimiento del plano del edificio podía resultar significativo. Así que, tanteando mi camino de vuelta a través del portal, bordeando el cadáver, comencé a avanzar a lo largo del pasillo, rumbo a esas áreas interiores de las que, presumiblemente, había emergido el hombre muerto. Más tarde investigaría el acceso que había abandonado.

A tientas como un ciego, pese a la brumosa luz del sol, avancé con lentitud. Pronto, los pasillos giraron pronunciadamente y comenzaron a trazar espirales hacia el centro, con

154

curvas cada vez menores. De vez en cuando, el tacto me revelaba un pasaje de intersección, sin puertas, y a veces encontraba bifurcaciones con dos, tres o cuatro ramales. En estos últimos casos, yo siempre seguía la ruta hacia el interior, que parecía ser continuación de la que había estado atravesando. Tendría mucho tiempo para examinar los ramales, después de que hubiera alcanzado y regresado de las áreas principales. Apenas puedo describir lo extraño de la experiencia... ¡abrirme paso por los caminos ciegos de una estructura invisible, alzada por manos olvidadas en un planeta alienígena!

Al cabo, aun tropezando y tanteando, sentí que el corredor desembocaba en un espacio abierto de gran tamaño. A tientas, constaté que se trataba de una estancia circular de unos tres metros de diámetro y, por la posición del muerto y su enfilación con ciertas lejanas cotas forestales, juzgué que la habitación estaba en el centro del edificio, o muy cerca del mismo. Partiendo de ella, salían cinco pasillos, además del que yo había usado para entrar, pero yo guardé este último en mi mente, observando con gran cuidado la enfilación del cuerpo con cierto árbol, alineación que se producía cuando me hallaba justo en la entrada.

No había nada distinguible en esta habitación, fuera del omnipresente barro aguado. Preguntándome si esta parte del edificio tendría techo, repetí mi experimento, lanzando un puñado de barro, y descubrí que no había cobertura alguna. Si alguna vez la había habido, debía de haberse derrumbado hacía mucho tiempo, ya que mis pies no toparon nunca con escombros ni con bloques caídos. Al reflexionar, caí en la cuenta de lo extraño que resultaba que esta estructura primordial pudiera estar libre de sillería cedida, boquetes en las paredes y otros estigmas propios de la erosión.

¿Qué era esto? ¿Qué había sido? ¿De qué estaba hecho? ¿Por qué no había evidencia de bloques separados en esos muros cristalinos y desconcertantes? ¿Por qué no había asomo de puertas interiores ni exteriores? Cuanto sabía era que estaba en un edificio redondo, sin techo ni puertas, hecho de un material duro, terso, totalmente transparente, no refractario ni reflectante, de unos cien metros de diámetro, con muchos pasillos y con una pequeña estancia circular en el centro. Fuera de eso, nada podía conocer a través de una investigación directa.

Observé que el sol estaba ya muy bajo hacia el oeste; un disco dorado rojizo que flotaba en un mar de escarlatas y naranjas, sobre los árboles velados por la bruma del horizonte. Estaba claro que tendría que apresurarme si quería encontrar un lugar seco en el que dormir antes de la caída de la noche. Desde hacía tiempo había decidido pernoctar en el borde, firme y musgoso, de la meseta, cerca de esa cima desde la que, por primera vez, había atisbado el resplandeciente cristal, confiando en que mi habitual suerte me salvase del ataque de los hombres-lagarto. Yo he sido siempre de la opinión de que debíamos viajar en partidas de al menos dos hombres, de forma que se pudiera montar guardia por turnos durante las horas de sueño; pero el número, verdaderamente pequeño, de ataques nocturnos hacía que la Compañía no tomase en consideración tal asunto. Esos infelices escamosos parecen tener dificultades para ver de noche, incluso con la ayuda de unas curiosas lámparas.

Alcanzando de nuevo el portal por el que había accedido allí comencé el regreso a la entrada de la estructura. Posteriores exploraciones habrían de esperar a otro día. Tanteando mi ruta tan bien como pude, a través del corredor espiral —con tan solo un sentido y recuerdo general y un vago reconocimiento de ciertos parches mal definidos de hierba sobre la llanura como únicas guías—, pronto me encontré, una vez más, muy cerca del cadáver. Había una o dos moscas-farnoth rondando ya el rostro cubierto por el casco, y comprendí que había comenzado la corrupción. Con un fútil e instintivo sentimiento de repulsión, alcé la mano para espantar a esa vanguardia de los carroñeros, y fue entonces cuando se produjo un suceso extraño y desconcertante. Un muro invisible, detectado por el vaivén de mi mano, me indicó —no importa lo cuidadoso que hubiera sido al deshacer mi andadura— que no había vuelto al corredor en el que yacía el cuerpo. De hecho, me hallaba en un pasillo paralelo, y debía, sin duda, haber tomado algún giro o bifurcación errónea en algún punto de los intricados pasajes de detrás.

Esperando encontrar un acceso a la sala de salida que había delante, seguí avanzando, pero acabé por toparme con un muro. Tenía, pues, que volver a la estancia central y trazar mi ruta de nuevo. No sabría decir dónde me había equivocado. Miré al suelo para ver si, por algún milagro, había quedado impreso algún resto de pisadas, pero al punto comprendí que aquel fango fluido conservaba huellas durante un lapso muy breve. Tuve poca dificultad en encontrar mi camino al centro de nuevo y, al punto, medité sobre la ruta que debía seguir para llegar afuera. Me había desviado demasiado a la derecha. Esta vez tenía que tomar una bifurcación a la izquierda, en algún punto, aunque, justo donde, era algo que no acertaba a saber.

Mientras iba tanteando hacia delante por segunda vez, me sentí bastante confiado en mi juicio y torcí a la izquierda, en un cruce que estaba seguro de recordar. La espiral seguía y tuve cuidado de no tomar ningún pasaje intersectante. Pronto, no obstante, descubrí, para mi disgusto, que estaba rebasando el cuerpo a considerable distancia y que aquel pasillo, evidentemente, alcanzaba el muro exterior mucho más allá. Esperando que hubiera otra salida en mitad de aquel muro no explorado, seguí varios pasos, pero, al cabo, tan solo encontré una sólida barrera. Claramente, la planta del edificio era aún más compleja de lo que había pensado.

Me debatí en la duda de si volver de nuevo al centro o tratar de encontrar alguno de los corredores laterales que iban hacia el cuerpo. De elegir esa segunda alternativa, podía correr el riesgo de romper mi esquema mental sobre la situación, así que haría mejor en no intentar eso último, a no ser que se me ocurriera alguna forma de dejar un camino visible detrás de mí. La forma exacta de dejar un rastro era todo un problema y me estrujé los sesos en busca de una solución. No parecía que llevase encima nada que pudiera dejar una marca de ninguna clase, ni ningún material que pudiera esparcir, o subdividir en pequeños trozos y desparramar.

Mi lápiz no surtía efecto sobre el muro invisible y no podía dejar un rastro con mis preciosas tabletas alimenticias. Incluso aunque se me hubiera ocurrido hacerlo, no tenía número bastante, aparte de que esas pequeñas píldoras desaparecerían instantáneamente de la vista en aquel barro fino. Rebusqué por mis bolsillos, a ver si encontraba un bloc de los de antes —a menudo usados extraoficialmente en Venus, pese a lo rápido que se deteriora el papel en la atmósfera del planeta— con hojas que pudiera rasgar y esparcir, pero no encontré nada. Obviamente, era imposible desgarrar el recio y delgado metal de este rollo a prueba de putrefacción, y mis vestimentas no podían servirme para eso. En la peculiar atmósfera de Venus no podía prescindir con seguridad del resistente traje de cuero, y la ropa interior había sido eliminada por culpa del clima.

Traté de pegar barro en el muro liso e invisible, luego de escurrirlo cuanto me fue posible, pero descubrí que se deslizaba y desaparecía tan rápido como los puñados de prueba que había lanzado antes. Al final, saqué mi cuchillo y traté de arañar una línea en la superficie cristalina e invisible... algo que pudiera reconocer al tacto aunque no tuviera la ventaja de verlo desde lejos. Fue en vano, sin embargo, ya que la hoja no dejó la más ligera impresión en aquel material desconcertante y desconocido.

Frustrado en todos mis intentos de marcar un camino, volví a pensar de nuevo en esa estancia redonda y central. Parecía más fácil regresar a esa habitación que trazar una ruta, definida y predeterminada, a partir de ella, y tuve pocas dificultades en encontrarla de nuevo. Esta vez apunte en mi rollo cada giro que hice, trazando un tosco e hipotético diagrama de mi ruta, y marcando todos los corredores divergentes. Fue, por supuesto, un trabajo enloquecedoramente lento, ya que todo tenía que ser determinado por el tacto y las posibilidades de error eran enormes, pero yo confiaba en que daría sus frutos a largo plazo.

El largo crepúsculo de Venus estaba ya avanzado cuando alcancé la estancia central, pero aún tenía esperanzas de salir antes de la caída de la oscuridad. Comparando el reciente diagrama con lo que recordaba, me pareció haber encontrado el error original, así que, una vez más, me adentré confiado por aquellos pasillos invisibles. Giré a la izquierda, más tarde que en previos intentos, y traté de consignar cada giro en el rollo para prevenir otra equivocación. En el cada vez más pronunciado oscurecer, pude ver la difusa forma del cadáver, centro ahora de una espantosa nube de moscas-farnoth. Sin mucha tardanza, los sificligs, moradores del barro, acudirían desde la llanura para completar el fantasmal trabajo. Acercándome al cuerpo con cierta reticencia, me preparaba a rebasarlo cuando una repentina colisión me dijo que me había equivocado de nuevo.

Entonces comprendí claramente que estaba perdido. Las complejidades del edificio eran demasiadas para tratar de solucionarlas de golpe y, probablemente, tendría que hacer cuidadosas comprobaciones antes de poder esperar salir. Sin embargo, estaba ansioso de llegar a terreno seco, antes de que se oscureciese todo, de ahí que volviese una vez más al centro y me lanzase a una serie, bastante desangelada, de pruebas y errores, tomando notas a la luz de mi linterna eléctrica. Al enchufar con la lámpara, me percaté, interesado, de que no producía reflejo —ni el más débil resplandor— en los transparentes muros que me rodeaban. No me sorprendió, no obstante, ya que el sol, en su momento, no había logrado formar ninguna imagen brillante sobre el extraño material.

Aún seguía tanteando cuando la oscuridad se hizo total. Una pesada bruma oscureció la mayor parte de las estrellas y planetas, pero la Tierra era claramente visible en forma de punto brillante y azul-verdoso al sureste. Acababa de pasar la oposición y debía constituir una visión gloriosa en el telescopio. Yo podía incluso detectar la Luna, al lado suyo, cuando los vapores menguaban momentáneamente. Ya me era imposible ver el cadáver —mi única marca— por lo que retrocedí dando traspiés hasta llegar a la estancia central, después de varios giros falsos. Después de todo, tendría que abandonar cualquier esperanza de dormir en suelo seco. Nada podía hacerse hasta que clarease de nuevo, y haría bien en acomodarme lo mejor que pudiese. No sería nada agradable tumbarme en el fango, pero era factible con mi traje de cuero. En anteriores expediciones había dormido en condiciones aún peores y ahora el gran cansancio podría vencer a la repugnancia.

Y aquí estoy, agazapado en el limo de la estancia central y trazando estas notas en mi rollo a la luz de la linterna. Hay algo casi humorístico en mi apuro, extraño y sin precedentes. Perdido en un edificio sin puertas... ¡un edificio que no puedo ver! Saldré, sin duda, temprano por la mañana y estaré de vuelta a Terra Nova, con el cristal, a última hora de la tarde. Es ciertamente hermoso, con un sorprendente lustre visible incluso a la débil luz de esta lámpara. Estoy ahora examinándolo. A pesar de mi fatiga, el sueño tarda en llegar, por lo que me he encontrado escribiendo durante largo rato. Debo parar ahora. Lo que menos me gusta es el cadáver... pero, afortunadamente, mi máscara de oxígeno me libra de los peores efectos. Tomaré ahora un par de tabletas y luego volveré. Más tarde.

Después. Tarde del 13 del VI

He tenido más problemas de los que esperaba. Estoy aún en el edificio y tendré que trabajar rápido y con tino si espero descansar en tierra seca esta noche. Me llevó mucho tiempo conciliar el sueño y no desperté hasta el mediodía. Y podría haber dormido aún más de no mediar el resplandor del sol a través de la bruma. El cadáver estaba en bastante mal estado... bullente de sificlighs y con una nube de moscas-farnoth rondándole. Algo había apartado el casco de su rostro y era mejor no mirar. Me sentía doblemente agradecido, al pensar en la situación, de llevar la máscara de oxígeno.

Al cabo, me sacudí y agité para secarme, tomé un par de tabletas alimenticias y puse una nueva píldora de clorato potásico en el electrolizador de la máscara. Estoy usando las píldoras con prudencia, pero me gustaría tener una provisión mayor. Me siento mucho mejor después de dormir y espero salir del edificio enseguida.

Al consultar las notas que he reunido, me ha impresionado la complejidad de los pasadizos, así como la posibilidad de haber cometido un error de base. De las seis aberturas que se abren en la cámara central, elegí una que pensaba era la que había usado para entrar, merced a ciertos elementos conspicuos del paisaje, que me sirvieron de referencia. Cuando me detuve justo a la entrada, el cadáver estaba a unos cincuenta metros, en la enfilación exacta de cierto lepidodendro del lejano bosque. Pero ahora se me ocurre que esa imagen no había sido suficientemente precisa, ya que la distancia del cadáver causaba diferencias de dirección, respecto a un horizonte relativamente cercano, cuando se miraba desde las aberturas cercanas a las que había usado. Además, el árbol no difería tanto como debiera de otro lepidodendro del horizonte.

Partiendo de esa premisa, vi, para mi disgusto, que no podía estar seguro de cuál de las tres aberturas era la adecuada. ¿Habría atravesado un grupo diferente de curvaturas cada vez que intentaba salir? Esta vez me cercionaría. Se me vino a la cabeza que, pese a la imposibilidad de marcar el camino, sí que había una señal que podía dejar. Aunque no podía rasgar mi traje, me era factible, gracias a mi espesa mata de cabello, quitarme el casco; este era grande y lo bastante ligero como para mantenerse visible sobre el fluido fango. Por tanto, me despojé del artefacto, más o menos hemisférico, y lo deposité a la entrada de uno de los pasadizos, el que estaba más a la derecha de los tres que debía comprobar.

Tendría que recorrer aquel corredor en la premisa de que era el correcto, repitiendo los giros, tal como yo los recordaba, y consultando y tomando notas sin descanso. Si no lograba salir, tendría que agotar, sistemáticamente, todas las posibles variantes y, si aún eso fallaba, habría de proceder a cubrir en igual forma las avenidas que se abrían a partir de la siguiente abertura; y luego continuando con la tercera, si hacía falta. Antes o después, tendría que dar con el camino correcto, pero debía ser paciente. En el peor de los casos, estaría, como muy tarde, a la hora del sueño nocturno en campo abierto.

Los primeros resultados fueron bastante descorazonadores, aunque me ayudaron a descartar la abertura de la derecha en poco más de una hora. Tan solo una sucesión de pasillos ciegos, que acababan todos a gran distancia del cadáver, parecían partir de aquel corredor, y muy pronto vi que no los había consignado en los previos vagabundeos de la tarde anterior. Sin embargo, como en la vez anterior, me resultó relativamente fácil regresar a la estancia central.

Sobre la una de la tarde desplacé el casco, que me servía de referencia, a la nueva abertura y comencé a explorar los pasillos que partían de ella. Al principio creí reconocer los giros, pero pronto me encontré en un grupo de corredores completamente desconocido. No podía acercarme al cuerpo, y esta vez tampoco pude retroceder hasta la cámara central, aun cuando yo creía haber anotado todos mis movimientos. Parecía haber engañosos giros y encrucijadas, demasiado sutiles como para poder registrarlos con toscos diagramas, y comencé a sentir una mezcla de angustia y desaliento. Aunque con paciencia, a la postre, por supuesto, acabaría triunfando, vi que mi labor habría de ser minuciosa, incansable y dilatada.

A las dos me encontraba vagabundeando en vano a través de extraños corredores... tanteando sin cesar, mirando alternativamente al cadáver y al cuerpo, y anotando datos en mi rollo con menguante confianza. Maldecía la estupidez y la necia curiosidad que me habían arrastrado a esa maraña de muros invisibles, y pensaba sin cesar en que, de haber dejado aquello estar y regresado tan pronto como cogí el cristal del cuerpo, ya estaría sano y salvo en Terra Nova.

De repente, se me ocurrió que con mi cuchillo, podía abrir un túnel bajo los invisibles muros, y desembocar así al exterior, o al menos a algún corredor que llevase fuera. No tenía forma de conocer la profundidad a la que alcanzaban los cimientos del edificio, pero el omnipresente fango era un argumento a favor de la ausencia de cualquier suelo que no fuese la propia tierra. Encarando al lejano, y cada vez más horrible, cadáver, comencé a excavar febrilmente con la hoja ancha y afilada.

Había unos quince centímetros de fango semilíquido y, debajo, la densidad del suelo aumentaba con rapidez. Ese suelo parecía ser de distinto color, una arcilla grisácea, muy parecida a la de las formaciones cercanas al polo norte de Venus. Según iba ahondando bajo la invisible barrera, vi que el suelo se volvía más y más duro. El barro aguado inundaba la excavación tan pronto como yo sacaba la arcilla, pero yo pasaba a través de él y seguía trabajando. De lograr abrir algún tipo de pasaje bajo el muro, no sería el limo el que me impidiese reptar por él.

A un metro de profundidad, no obstante, la dureza del suelo obstaculizó seriamente mi excavación. Su tenacidad era mayor que cualquiera que yo hubiera encontrado antes, incluso en este planeta, y venía unida a una anormal pesadez del material. Mi cuchillo tenía que hendir y astillar la arcilla consistente, y los fragmentos que hacía saltar eran como piedra sólidas o trozos de metal. Finalmente, incluso esa labor de hendir y astillar se volvió imposible, y tuve que cesar en mis esfuerzos sin haber alcanzado el borde inferior del muro.

La larga hora del intento fue tan fatigosa como inútil, ya que gasté grandes reservas de energía y me vi obligado a tomar una tableta extra de alimento, así como a poner una píldora adicional de clorato en la máscara de oxígeno. Tuve también que hacer una pausa en los tanteos, ya que me encontraba demasiado cansado como para andar. Tras limpiar mis manos y brazos de barro, cuanto pude, me senté a escribir estas notas... reposando contra un muro invisible y mirando al cadáver.

Ese cuerpo no es ya más que una hirviente masa de sabandijas, y el olor ha comenzado a atraer a algunos de los resbaladizos akmans desde la lejana jungla. Me he percatado que muchas de las plantas efjeh de la llanura tienen sus necrófagos zarcillos hacia él, pero dudo que ninguno sea lo suficientemente largo como para alcanzarlo. Quisiera que algún carnívoro de verdad, como los skorahs, apareciera, ya que ellos podrían olerme y abrirse paso, a través del edificio, hasta mí. Esos seres tienen un extraño sentido de la orientación. Podría esperar a que llegasen a mí y trazar una ruta aproximada, si no siguen una línea continua. Aun eso sería de gran ayuda. Cuando llegasen hasta mí, los despacharía con la pistola.

Pero no puedo esperar tal cosa. Ahora que he escrito estas notas, descansaré un buen rato y luego haré algunos tanteos más. Tan pronto como pueda volver a la estancia central —algo que debe ser fácil de hacer— probaré suerte en la abertura de la izquierda. Quizá, después de todo, pueda estar fuera al crepúsculo.

Por la noche, 13 del VI

Un nuevo problema. Salir va a ser tremendamente difícil, ya que hay aquí elementos que no sospechaba. Me espera otra noche en el fango y mañana nuevos esfuerzos. Interrumpí mi descanso, para levantarme y tantear, a eso de las cuatro. Al cabo de unos quince minutos, llegué a la estancia central y moví el casco para marcar el último de los tres pasillos posibles. Al introducirme por esa abertura, pensé que el camino me era más familiar, pero me vi interrumpido, menos de cinco minutos después, por una visión que me estremeció más de lo que puedo describir.

Se trataba de un grupo de cuatro o cinco de esos detestables hombres-lagarto que acababa de emerger del lejano bosque, al borde de la llanura. No pude verlos muy bien a esa distancia, pero creo que se detuvieron y giraron hacia los árboles, para gesticular, tras de lo cual se les unieron por lo menos una docena. El grupo así engrosado avanzó entonces directamente hacia el edificio invisible y, según se acercaban, pude estudiarlos con detenimiento. Nunca antes había tenido una visión tan detenida de esos seres fuera de las vaporosas sombras de la jungla.

El parecido a los reptiles era patente, aunque yo sabía que era solo casual, ya que esos seres no tienen ningún parentesco con los terrestres. Ya más cerca, me resultaron menos reptilianos en apariencia, y solo la cabeza aplastada y la piel verde, resbaladiza y batracia mantenía tal impresión. Caminaban erectos sobre sus extraños y gruesos muñones, y sus ventosas producían curiosos sonidos en el barro. Eran ejemplares típicos, de algo más de dos metros de altura y con cuatro tentáculos pectorales largos y con aspecto de cuerda. Los movimientos de tales tentáculos —si las teorías de Fogg, Elberg y Janat son correctas, cosa que previamente yo había dudado, y que ahora me sentía más dispuesto a creer— indicaban que los seres estaban trabados en animada conversación.

Eché mano a la pistola lanzallamas y me apresté a una lucha enconada. La situación era difícil, pero el arma me daba cierta ventaja. Si los seres conocían este edificio, podían llegar hasta mí y de esa forma me darían una clave para salir, al igual que hubiera sucedido con los skorahs carnívoros. No me cabía duda de que me iban a atacar ya que, incluso aunque no podían ver el cristal en mi bolsa, podían adivinar su presencia, gracias a ese especial sentido suyo.

Sin embargo, de forma bastante sorprendente, no me atacaron. De hecho, se dispersaron para formar un gran círculo en torno a mí y a una distancia tal que indicaba que estaban apretados contra el muro invisible. Allí parados, formando un anillo, los seres observaban silenciosa e inquisitivamente, agitando sus tentáculos y a veces sacudiendo las cabezas y gesticulando con los miembros superiores. Después de un momento, surgieron otros del bosque y también avanzaron para unirse al grupo de mirones. Los más cercanos al cadáver apenas lo miraron y no

166

le prestaron la más mínima atención. Era una visión horrible, pero no parecía afectar a los hombres-lagarto. De vez en cuando espantaban a las moscas-farnoth con sus extremidades o tentáculos, o aplastaban a un deslizante sificlig o un akman, o una contorsionante hierba efjeh, con las ventosas de sus muñones.

Contemplando a esos grotescos e inesperados intrusos, y preguntándome lleno de desazón por qué no me atacaban al punto, perdí de golpe la fuerza de voluntad y la energía nerviosa necesarias para seguir mi búsqueda de la salida. De hecho, me recosté debilitado contra el invisible muro del pasaje en el que me hallaba, dejando que mi sorpresa se transformara, poco a poco, en una concatenación de las más extrañas especulaciones. Un ciento de misterios que me habían desconcertado previamente parecieron tomar en ese momento un significado nuevo y siniestro, y sentí el estremecimiento de un miedo distinto a cuanto hubiera sufrido antes.

Creía saber por qué esos seres se congregaban expectantes en torno a mí. Creía, también, tener por fin el secreto de la transparente estructura. El atractivo cristal que había cogido, el cuerpo del hombre que lo tuviera anteriormente... todo eso comenzó a adquirir un significado oscuro y amenazador.

No era debido a ninguna serie común de infortunios por lo que me había perdido en esta maraña de pasillos invisibles y sin techo. En absoluto. Sin duda alguna, este lugar es un verdadero dédalo; un laberinto deliberadamente construido por estos infernales seres, cuya habilidad e inteligencia tan lamentablemente había yo subestimado. ¿Cómo no lo había sospechado antes, sabiendo de su extraordinaria habilidad arquitectónica? El propósito es muy claro. Esto es una trampa; una trampa para seres humanos, con el esferoide de cristal como cebo. Estos seres reptilianos, en su guerra contra los recolectores de cristales, han recurrido a la estrategia y están usando nuestra propia codicia contra nosotros.

Dwigth —si es que ese cadáver podrido es él— fue una víctima. Debía haber quedado atrapado hacía tiempo y no había sabido encontrar la salida. La falta de agua lo había, sin duda, enloquecido y quizá andaba escaso de cubos clorados. Probablemente, su máscara no se le había caído accidentalmente. Es probable que se hubiese suicidado. Antes que afrontar una muerte lenta, había zanjado el asunto despojándose deliberadamente de la máscara y dejando que la atmósfera letal hiciera su trabajo de golpe. La horrible ironía de su destino residía en el lugar donde se hallaba... a solo unos metros de la salida que no había sido capaz de encontrar. Un minuto más de búsqueda y se hubiera puesto a salvo.

Y ahora yo estaba igualmente atrapado. Atrapado y con el circundante grupo de curiosos observadores situados para burlarse de mis apuros. El pensamiento era enloquecedor y, al calar dentro de mí, sufrí un repentino relámpago de pánico que me hizo correr desvalido a través de los pasillos invisibles. Durante algunos minutos no fui sino un maníaco... trastabillando, tropezando, chocando contra los invisibles muros, para acabar cayendo, convertido en un montón de estúpida y sangrante carne, resollante y lacerada.

La caída me templó un poco, por lo que, al ponerme lentamente en pie, pude advertir ciertas cosas y ejercitar mi razón. Los observadores circundantes estaban agitando sus tentáculos en una forma extraña e irregular que sugería una risa taimada y alienígena, y yo sacudí furioso el puño mientras me incorporaba. Mi gesto pareció aumentar su odiosa alegría y unos pocos de ellos me imitaron desmañadamente, con sus verdosos miembros superiores. Azarado, traté de recobrar mis facultades y hacerme cargo de la situación.

Al fin y al cabo, no me encontraba en un brete tan malo como Dwigth. Al contrario que él, yo sabía cuál era la situación; y hombre prevenido vale por dos. Sabía que era posible, al final, alcanzar la salida y no iba a repetir su trágico acto de impaciente desesperación. El cuerpo —que pronto iba a ser un esqueleto— estaba constantemente ante mí, como una guía hacia la ansiada abertura, y si me esforzaba larga e inteligentemente, la paciencia tenaz tendía su recompensa.

Tenía, no obstante, la desventaja de estar rodeado por esos diablos reptilianos. Ahora que comprendía la naturaleza de la trampa —cuyo invisible material denotaba una ciencia y una tecnología más allá de los recursos terrestres—, no podía ya minusvalorar la mentalidad y recursos de mis enemigos. Incluso con mi pistola lanzallamas me iba a costar abrirme paso, aunque la audacia y la rapidez me serían, sin duda, de gran ayuda para salir del trance.

Pero primero tenía que llegar al exterior, a no ser que pudiera atraer o provocar a alguna de las criaturas, de forma que entrase hacia mí. Mientras aprestaba la pistola y recontaba mi abundante suministro de munición, se me ocurrió probar los efectos de la llama sobre los muros invisibles. ¿Habría acaso pasado por alto un posible medio de escape? No tenía ni idea de cuál podía ser la composición química de la barrera transparente, y era posible que pudiera cortarla, como su fuera mantequilla, con una lengua de fuego. Eligiendo una sección que daba al cadáver, descargué cuidadosamente la pistola, en un radio pequeño, y tenté luego con mi cuchillo allí donde había golpeado la llama. Nada había cambiado. Había visto a la llama desparramarse contra la superficie y, enseguida, comprendí que mi deseo había sido fútil. Solo una larga y tediosa búsqueda de la salida me llevaría al exterior.

Entonces, engullendo otra tableta alimenticia y poniendo otro cubo en el electrolizador de la máscara, retomé la larga búsqueda, retrocediendo sobre mis pasos hacia la estancia central y comenzando de nuevo. Consultaba constantemente mis notas y bocetos, y hacía otros nuevos, tomando un giro equivocado tras otro y, sin embargo, trastabillando desesperadamente hacia delante, hasta que la luz de la tarde se hizo sumamente tenue. Según persistía en mi búsqueda, miraba de vez en cuando hacia el silencioso círculo de burlones espectadores y me percaté de un gradual reemplazo entre ellos. Constantemente, unos pocos se volvían al bosque mientras que otros aparecían para ocupar sus puestos. Cuanto más pensaba en sus tácticas, menos me gustaban, ya que me daban un indicio de los posibles motivos de las criaturas. En cualquier momento, esos diablos podían haber avanzado y haberme atacado, pero parecían preferir contemplar mis esfuerzos para salir. No podía sino suponer que disfrutaban del espectáculo... y eso me hizo temer doblemente la idea de caer en sus manos.

Con la oscuridad, dejé de buscar y me senté en el barro para descansar. Ahora estoy escribiendo a la luz de mi linterna y enseguida trataré de dormir algo. Espero estar, mañana a estas horas, fuera, ya que me queda poca reserva en la cantimplora y mis tabletas de lacol son un pobre sustituto del agua. No puedo pensar en beber del barro, ya que el agua de las regiones fangosas no es potable, a no ser que se destile. Por eso hemos tenido que tender largas tuberías de las regiones de arcilla amarilla y depender del agua de lluvia cuando esos diablos encuentran y cortan nuestras líneas. No me quedan demasiadas pastillas cloradas tampoco y debo tratar de moderar, hasta donde me sea posible, el consumo de oxígeno. Mi intento de abrir un túnel a primera hora de la tarde y mi posterior ataque de pánico han consumido una peligrosa reserva de aire. Mañana reduciré los esfuerzos físicos al mínimo, hasta que llegue junto a los reptiles y lidie con ellos. Debo mantener un buen suministro de píldoras para mi viaje de vuelta a Terra Nova. Mis enemigos están todavía ahí; puedo ver un círculo de sus tenues linternas en torno a mí. El horror inherente a esas luces me mantiene despierto.

170

Por la noche, 14 del VI

¡Otro día de búsqueda y aún en balde! Estoy empezando a preocuparme por el agua, ya que mi cantimplora quedó vacía a mediodía. Por la tarde cayó un chaparrón y yo, regresando a la estancia central, en busca del casco que había dejado como marca, lo usé como un cuenco y conseguí dos tazas de agua. Me bebí casi todo y, lo poco que quedó, lo eché a la cantimplora. Las tabletas de lacol son magro consuelo para la verdadera sed, y espero que llueva algo más por la noche. He dejado el casco boca arriba para recoger lo que caiga. Las tabletas alimenticias se van gastando, pero aún no escasean peligrosamente. Tendré que reducir, de ahora en adelante, la ración a la mitad. Los cubos clorados son mi verdadera preocupación, ya que, incluso sin ejercicio violento, el interminable vagabundeo del día ha consumido una peligrosa cantidad. Me siento débil por culpa de mi obligada economía de oxígeno y de mi cada vez mayor sed. Cuando reduzca mi consumo de oxígeno, supongo que me sentiré aún más débil.

Hay algo maléfico, algo extraño, en este laberinto. Podría jurar que he descartado ciertos giros gracias a mis anotaciones y, aun así, cada nuevo intento da por tierra las hipótesis que yo me había hecho. Hasta ahora, nunca había comprendido cuán perdidos estamos sin referencias visuales. Un ciego lo haría mejor... pero, para la gran mayoría, la vista es el rey de los sentidos. El efecto que todos esos infructuosos vagabundeos producen en mí es el de un profundo descorazonamiento. Puedo entender cómo debió de sentirse el pobre Dwight. Su cadáver es ahora tan solo un esqueleto, y los sificligs, los akmans y las moscas-farnoth se han ido. Las plantas efjeh están destrozando las ropas de cuero, ya que son más largas y desarrolladas de lo que yo creía. Y, mientras tanto, esas tandas de mirones tentaculados se quedan golosamente en torno a la barrera, riéndose de mí y disfrutando de mi desgracia. Un día más y me volveré loco, si es que no muero de agotamiento.

No obstante, no me queda otra opción que perseverar. Dwigth hubiera salido de haber aguantado tan solo un minuto más. Es posible, hasta cierto punto, que alguien de Terra Nova venga a buscarme antes de que pase mucho tiempo, ya que este es mi tercer día de ausencia. Los músculos me duelen horriblemente y tengo la sensación de que no voy a poder descansar tumbado en ese fango espantoso. La noche pasada, pese a mi terrorífica fatiga, dormí solo de forma irregular, y esta noche me temo que no va a ser mejor. Vivo en una interminable pesadilla... entre la vigilia y el sueño; nunca del todo despierto o dormido. Las manos me tiemblan y no puedo escribir más. Ese círculo de tenues lámparas es odioso.

A última hora de la tarde, 15 del VI

¡He hecho un gran progreso! Tiene muy buena pinta. Me encuentro muy débil y no pude dormirme hasta que amaneció. Entonces estuve dormitando hasta el mediodía, aunque sin llegar a descansar del todo. No ha llovido y estoy muy débil por la sed. Me tomé una píldora alimenticia extra para poder mantenerme en pie, pero, sin agua, no puedo hacer gran cosa. Me arriesgué a probar algo del agua fangosa, pero me sentó terriblemente mal y me dejó aún más sediento que antes. Debo ahorrar los cubos clorados y estoy casi asfixiado por la falta de oxígeno. No puedo tenerme gran cosa en pie, aunque me las arreglo para arrastrarme por el barro. Hacia las dos de la tarde, creí reconocer algunos pasajes y me encontré más cerca del cadáver, o esqueleto, de lo que había estado desde mis intentonas del primer día. Acabé por llegar a un callejón sin salida, pero volví al camino principal con ayuda de mi mapa y mis notas. El problema de las anotaciones es que hay demasiadas. Deben ocupar un metro de rollo y tengo que pararme durante largos ratos para desenmarañarlas. Se me va la cabeza por culpa de la sed, el ahogo y el cansancio, y no puedo entender qué es lo que he escrito. Esos malditos seres verdes siguen mirando y riéndose con sus tentáculos, y a veces gesticulan en una forma que hace pensar si no estarán compartiendo alguna terrible broma que no puedo comprender.

Eran las tres en punto cuando llegó de repente un verdadero progreso. Había un portal que, según mis notas, no había atravesado previamente y, al aventurarme en él, descubrí que podía ir acercándome en círculos al esqueleto cubierto de lianas. La ruta trazaba una especie de espiral, muy parecida a la que, previamente, me había llevado a la estancia central. Cada vez que llegaba a una puerta lateral o una encrucijada escogía el curso que me parecía más adecuado para repetir la travesía original. Según me iba acercando más y más a mi espantosa meta, los observadores de fuera intensificaban sus crípticas gesticulaciones y su sardónica risa silenciosa. Evidentemente, encontraban algo espantosamente divertido en mi avance, percibiendo sin duda cuán inerme me vería en un encuentro con ellos. Me sentía contento de dejarles regocijarse, ya que, aun asumiendo mi debilidad extrema, contaba con la pistola lanzallamas, y con sus numerosas cargas extras, para abrirme paso a través de la falange de viles reptiles.

Confiaba en poder levantarme, pero no intenté ponerme aún en pie. Era mejor reptar y guardar mis fuerzas para el cercano encuentro con los hombres-lagarto. Mis progresos eran muy lentos, y el peligro de ir a desembocar en un callejón sin salida, grande, pero al menos me parecía ir girando directo hacia mi meta ósea. La idea me daba nuevas fuerzas y, de momento, cesé de lamentarme por el dolor, la sed y la escasa provisión de pastillas. Las criaturas se agolpaban ahora en torno a la entrada, gesticulando, saltando y riéndose con los tentáculos. Pronto, supuse, tendría que lidiar con toda la horda y quizá con refuerzos llegados de la selva.

Estoy a tan solo unos pocos metros del esqueleto y me he detenido a anotar esto, antes de salir y abrirme paso a través de la maligna banda de entidades. Confío en poder, con mi última reserva de fuerzas, poder ponerlos en fuga a pesar de su número, ya que el alcance de esta pistola es tremendo. Después de eso, un campo de musgo seco y el borde de la meseta; y, por la mañana, un fatigoso viaje a través de la jungla hasta Terra Nova. Me alegraré de ver de nuevo hombres vivos y construcciones humanas. Los dientes de esa calavera resplandecen y sonríen de forma horrible.

Por la noche, 15 del VI

Horror y desesperación. ¡Estoy perdido de nuevo! Tras hacer la anterior anotación, me acerqué aún más al esqueleto; pero, de repente, me topé con un muro interpuesto. Había fracasado una vez más y me encontraba, al parecer, más atrás de donde había estado tres días antes, en mi primer y fracasado intento de abandonar el laberinto. No sé si grité en voz alta, o quizá estaba demasiado débil para lanzar sonidos. Simplemente, me quedé aturdido en el fango durante un largo periodo mientras los seres verdosos de fuera saltaban, reían y gesticulaban.

Al cabo de un tiempo, pude pensar con una pizca más de claridad. La sed, la debilidad y el sofoco me consumían rápidamente y, con mi última pizca de fuerzas, puse una nueva pastilla en el electrolizador... imprudentemente, sin pensar en lo que iba a necesitar para el viaje a Terra Nova. El oxígeno me revivió ligeramente y fui capaz de mirar en torno mío más alerta.

Parecía como si estuviera algo más lejos de pobre Dwight de lo que había estado en el primer fracaso y, confusamente, me pregunté si no estaría en otro corredor un poco distante. Con esa débil sombra de esperanza, me arrastré fatigosamente hacia delante; pero, al cabo de pocos metros, me topé con un callejón sin salida, como en la primera ocasión.

Aquello, entonces, era el final. No había conseguido nada en tres días y no me quedan fuerzas. Pronto me volveré loco por culpa de la sed y enseguida no me van a quedar pastillas bastantes como para regresar. Débilmente, me pregunté por qué aquellos seres de pesadilla se habían reunido en tan gran número en torno a la entrada, mientras se mofaban de mí. Probablemente, aquello era parte de la farsa... hacerme pensar que me aproximaba a una salida que ellos sabían inexistente.

No me queda mucho tiempo, aunque he resulto no apresurar las cosas, tal como hizo Dwight. Su sonriente calavera está vuelta hacia mí, movida por los tientos de una de las plantas efjeh que devoran su traje de cuero. La espectral mirada de esas cuencas vacías es peor que la observación de esos horrores reptilianos. Da un odioso significado a esa muerta sonrisa de dientes blancos.

Debo descansar, sin moverme, en el barro, y ahorrar cuantas fuerzas pueda. Estas anotaciones —que espero puedan llegar a aquellos que acudan luego de mí y servirles de aviso— tocarán a su fin muy pronto. Cuando acabe de escribir, descansaré largo rato. Luego, cuando esté demasiado oscuro para que esas espantosas criaturas puedan verme, reuniré mis últimas fuerzas e intentaré lanzar el rollo de notas sobre el muro y el corredor de en medio a la llanura exterior. Me cuidaré de enviarlo hacia la izquierda, donde no se encuentra esa saltarina banda de burlones sitiadores. Quizá se pierda para siempre en el barro fluido... pero tal vez aterrice en una zona grande de hierbas y consiga llegar por último a manos humanas.

Si sobrevive para ser leído, espero que haga algo más que prevenir a los hombres acerca de esta trampa. Espero que enseñe a nuestra raza a dejar estos resplandecientes cristales donde están. Pertenecen en exclusiva a Venus. Nuestro planeta no los necesita de verdad y creo que hemos violado alguna ley oscura y misteriosa —alguna ley profundamente arraigada en el arcano del cosmos— en nuestro intento por conseguirlos. ¿Quién puede decir qué oscuras, potentes y difundidas fuerzas mueven a esos seres reptilianos, que guardan tan extrañamente su tesoro? Dwight y yo hemos pagado, y otros lo han hecho y lo harán. Pero puede que esas muertes dispersas sean solo el preludio de mayores horrores, aún por llegar. Dejemos a Venus lo que es solo suyo.

* * *

Estoy ya muy cerca de la muerte y me temo que no seré capaz de lanzar este rollo cuando caiga la oscuridad. Si no puedo, supongo que los hombres-lagarto se apoderarán de él, ya que, probablemente, saben lo que es. No desean que nadie esté prevenido acerca del laberinto y no saben que mi mensaje contiene una petición acorde a sus intereses. Según me va llegando el fin, me siento más cercano a los seres. En la escala cósmica, ¿quién puede decir qué especie es superior, o más acorde a la norma de los organismos cósmicos... la suya o la mía?

* * *

Acabo de sacar el gran cristal de mi bolsillo para mirarlo en mis últimos momentos. Brilla furiosa y amenazadoramente a los rojos rayos del sol agonizante. La saltarina horda se ha dado cuenta y sus gestos han cambiado de una forma que no puedo entender. Me pregunto por qué se arraciman en torno a la entrada en vez de concentrarse en un punto aún más cercano del muro transparente.

* * *

Me estoy entumeciendo y casi no puedo escribir. Todo da vueltas en torno a mí, aunque aún no he perdido la consciencia. ¿Podré arrojar esto por encima del muro? El cristal resplandece, a pesar de que la oscuridad se espesa.

* * *

Oscuro. Muy débil. Ellos aún se ríen y saltan en torno a la puerta y han encendido esas infernales linternas.

* * *

¿Se marchan? Creí haber oído un ruido... una luz en el cielo...

———————

INFORME DE WESLEY P. MILLER.
SUPERINTENDENTE DEL GRUPO A. VENUS
CRISTAL CO.

(Terra Nova, Venus, 16 del VI)

Nuestro agente A-49, Kenton J. Stanfield, domiciliado en Marshall Street, Richmond, Va., salió de Terra Nova a primera hora del 12 del VI para un corto viaje, guiado por el detector. Estaba previsto su regreso para el 13 o el 14. No había vuelto la noche del 15, por lo que la nave de reconocimiento FR-58, con cinco hombres a mi mando, partió a las ocho de la tarde para seguir su rastro con el detector. La aguja no mostró cambio alguno respecto a las primeras lecturas.

Siguiendo las indicaciones, que apuntaban a las alturas Erycinianas, llevamos encendidos potentes focos todo el camino. Una triple fila de armas lanzallamas y proyectores de radiaciones-D hubieran bastado para dispersar a una fuerza ordinaria hostil de nativos, o cualquier concentración peligrosa de los carnívoros skorahs.

Ya sobre la llanura abierta de Eryx, vimos un grupo de luces móviles que reconocimos como lámparas de los nativos. Al aproximarnos, se dispersaron e internaron en la selva. Debía haber probablemente 75 ó 100 de ellas. El detector indicaba que había un cristal en el lugar donde habían estado. Volando bajo sobre ese lugar, nuestras luces mostraron objetos en el suelo. Un esqueleto cubierto de plantas efjeh y un cuerpo completo a unos tres metros de este. Nos acercamos con la nave a los cuerpos y la esquina de un ala chocó con un obstáculo invisible.

Acercándonos a pie a los cuerpos, nos vimos detenidos por una barrera lisa e invisible que nos desconcertó sobremanera. Yendo a tientas hasta el esqueleto, encontramos una abertura, más allá de la cual había un espacio con otro acceso que llevaba al esqueleto. Este último, aunque despojado de ropajes por las hierbas, tenía a su lado uno de los cascos numerados de la compañía. Era el Agente B-9, Frederick N. Diwght de la sección de Koenig, que había estado fuera de Terra Nova desde hacía dos meses, encargado de una larga misión.

Entre ese esqueleto y el cuerpo completo parecía haber otro muro, pero pudimos fácilmente identificar al segundo hombre como Stanfield. Tenía un rollo de notas en su mano izquierda y un lápiz en la derecha, y parecía haber estado escribiendo en el momento de su muerte. No había ningún cristal a la vista, pero el detector indicaba la presencia de un gran espécimen cerca del cuerpo de Stanfield.

Tuvimos grandes dificultades para llegar a Stanfield, pero lo conseguimos al cabo. El cuerpo estaba aún caliente, y había un gran cristal a su lado, cubierto por el barro poco profundo. Enseguida estudiamos el rollo de notas de su zurda y dispusimos ciertas acciones, acordes a sus datos. El contenido del rollo constituye la larga narración previa de este informe; una narración cuyos principales detalles hemos constatado y que añadimos como explicación de lo que hemos descubierto. Las últimas partes de ese informe muestran daños mentales, pero no hay motivo para dudar del conjunto. Stanfield murió, obviamente, por una combinación de sed, asfixia, tensión cardiaca y depresión psicológica. Su máscara estaba en su sitio y generando oxígeno, a pesar del nivel alarmantemente bajo de pastillas.

Como nuestro avión había resultado dañado, enviamos un mensaje reclamando a Anderson con el Avión de Reparaciones FG-7, una brigada de demolición y material de voladura. La mañana siguiente, el FR-58 estaba arreglado y enviamos de regreso a Anderson con los dos cuerpos y el cristal. Enterraremos a Dwight y a Stanfield en el cementerio de la compañía y enviaremos el cristal a Chicago en la próxima nave que salga hacia la Tierra. Después seguiremos la sugerencia de Stanfield —la anotada en la parte primera y más cuerda de su informe— y enviaremos tropas suficientes para erradicar a todos los nativos. Con el campo libre, no tendremos límites en cuanto a consecución de cristales.

Por la tarde estudiamos el invisible edificio o trampa con gran cuidado, explorándolo con ayuda de largas guías de cuerda y alzando un plano completo de la planta, con destino a nuestros archivos. Quedamos sumamente impresionados por el diseño y guardamos muestras de la sustancia para hacer análisis químicos. Todos esos conocimientos nos serán útiles cuando nos encarguemos de las ciudades de los nativos. Nuestros taladros de diamante, tipo C, consiguieron perforar el material invisible y los del equipo de demolición están ahora colocando dinamita para volarlo todo. No quedará nada cuando hayamos acabado. El edificio constituye una clara amenaza para los vuelos y otros posibles tráficos.

Al estudiar la planta del laberinto uno queda impresionado, no solo por la ironía del destino de Dwigth, sino también por el de Stanfield. Cuando tratamos de llegar al segundo cuerpo, partiendo del esqueleto, no pudimos encontrar acceso a la derecha, pero Markheim encontró un portal a partir del primer espacio interior, a unos cinco metros más allá de Dwight, y a más de un metro pasado Stanfield. Más allá de este había una larga estancia que no exploramos hasta más tarde, pero, a mano derecha de tal estancia, había otro portal que llevaba directamente al cuerpo. Stanfield podía haber llegado a la salida exterior, a unos seis metros, de haber encontrado la abertura que se encontraba directamente detrás de él; una abertura que pasó por alto debido a la fatiga y la desesperación.

Cronología de relatos de H. P. Lovecraft

«The Noble Eavesdropper» (1897?) (*).

«The Little Glass Bottle» (1897) (9).

Primera publicación *The Shuttered Room and Other Pieces.* Arkham House, 1959.

«The Secret Cave or John Lees Adventure» (1898) (9).

Primera publicación: *The Shuttered Room and Other Pieces.* Arkham House, 1959.

«The Mystery of the Grave-Yard» (1898) (9).

Primera publicación: *The Shuttered Room and Other Pieces.* Arkham House, 1959.

«The Haunted House» (1898/1902) (*).

«The Secret of the Grave» (1898/1902) (*).

«John, the Detective» (1898/1902) (*).

«The Mysterious Ship» (1902) (9).

Primera publicación: *The Shuttered Room and Other Pieces.* Arkham House, 1959.

«La bestia en la cueva» (3).

Título original: «The Beast in the Cave» (21 de abril de 1905).

Primera publicación: *The Vagrant,* junio de 1918.

«The Picture» (1907) (*).

«El alquimista» (3).

Título original: «The Alchemist» (1908).

Primera publicación: *The United Amateur*, noviembre de 1916.

«La tumba» (3).

Título original: «The Tomb» (junio de 1917).

Primera publicación: *The Vagrant*, marzo de 1922.

«Dagón» (3).

Título original: «Dagon» (julio de 1917).

Primera publicación: *The Vagrant*, noviembre de 1919.

Aparece en *Weird Tales*, octubre de 1923.

«A Reminiscence of Dr. Samuel Johnson» (1917) (9).

Primera publicación: *The United Amateur* 17, n.° 2, noviembre de 1917.

«Polaris» (3).

Título original: «Polaris» (mayo? de 1918).

Primera publicación: *The Philosopher*, diciembre de 1920.

El texto aparece en *The National Amateur*, mayo de 1926.

«The Mystery of Murdon Grange» (1918) (*).

«La pradera verde» (2).

Título original: «The Green Meadow» (1918/1919).

Colaboración con Winifred V. Jackson.

Primera publicación: *The Vagrant*, primavera de 1927.

«Sweet Ermengarde» (1919/1925) (9).

Primera publicación: *Beyond the Wall of Sleep*. Arkham House, 1943.

«Más allá del muro del sueño» (3).

Título original: «Beyond the Wall of Sleep» (1919).

Primera publicación: *Pine Cones*, octubre de 1919.

Publicado en *Weird Tales*, 1938.

«Memory» (1919) (9).

Primera publicación: *The United Co-operative* 1, n.° 2, junio de 1919.

«Old Bugs» (1919) (9).

Primera publicación: *The Shuttered Room and Other Pieces*. Arkham House, 1959.

«La transición de Juan Romero» (3).

Título original: «The Transition of Juan Romero» (16 de septiembre de 1919).

Primera publicación: *En A Dreamer's Tales*, Arkham House, 1939.

«La nave blanca» (3).

Título original: «The White Ship» (noviembre de 1919).

Primera publicación: *The United Amateur,* noviembre de 1919.

Publicado en *Weird Tales*, febrero de 1926.

«La maldición que cayó sobre Sarnath» (3).

Título original: «The Doom That Came to Sarnath» (3 de diciembre de 1919).

Primera publicación: *The Scot,* junio de 1920.

«La declaración de Randolph Carter» (3).

Título original: «The Statement of Randolph Carter» (11/27 de diciembre de 1919).

Primera publicación: *The Vagrant,* mayo de 1920.

«El viejo terrible» (3).

Título original: «The Terrible Old Man» (28 de enero de 1920).

Primera publicación: *The Tryout,* julio de 1921.

Publicado en la revista *Weird Tales,* 1926.

«El árbol» (3).

Título original: «The Tree» (1920).

Primera publicación: *The Tryout,* octubre de 1921.

«Los gatos de Ulthar» (3).

Título original: «The Cats of Ulthar» (15 de junio de 1920).

Primera publicación: *The Tryout,* noviembre de 1920.

«El templo» (3).

Título original: «The Temple» (1920).

Primera publicación: *Weird Tales,* septiembre de 1925.

«Hechos tocantes al difunto Arthur Jermyn y su familia» (3).

Título original: «Facts Concerning the Late Arthur Jermyn and His Family» (noviembre de 1920).

Primera publicación: *The Wolverine*, marzo/junio de 1921.

Publicado en *Weird Tales*, marzo de 1924, con el título: «The White Ape».

«La calle» (3).

Título original: «The Street» (1920?).

Primera publicación: *The Wolverine*, diciembre de 1920.

«Life and Death» (1920?) (**).

«La poesía y los dioses» (3).

Título original: «Poetry and the Gods» (1920).

Colaboración con Anna Helen Crofts.

Primera publicación: *The United Amateur*, septiembre de 1920.

«Celephaïs» (3).

Título original: «Celephaïs» (noviembre de 1920).

Primera publicación: *Rainbow*, mayo de 1922.

«Del otro lado» (3).

Título original: «From Beyond» (16/18 de noviembre de 1920).

Primera publicación: *The Fantasy Fan*, junio de 1934.

«Nyarlathotep» (diciembre, 1920) (9).

Primera publicación: *The United Amateur* 20, n.º 2, noviembre de 1920.

«El grabado de la casa» (3).

Título original: «The Picture in the House» (12 de diciembre de 1920).

Primera publicación: *The National Amateur*, 1920.

«El caos reptante» (2).

Título original: «The Crawling Chaos» (1920/1921).

Colaboración con Winifred V. Jackson.

Primera publicación: *The United Amateur*, 1920.

«Ex Oblivione» (1920/1921) (9).

Primera publicación: *The United Amateur* 20, n.° 4, marzo de 1921.

«La ciudad sin nombre» (3).

Título original: «The Nameless City» (26 de enero de 1921).

Primera publicación: *The Wolverine*, noviembre de 1921.

Publicado en *Weird Tales*, noviembre de 1938.

«La búsqueda de Iranon» (3).

Título original: «The Quest of Iranon» (28 de febrero/23 de abril de 1921).

Primera publicación: *The Galleon*, julio/agosto de 1935.

Publicado en *Weird Tales*, marzo de 1939.

«El pantano de la luna» (3).

Título original: «The Moon-Bog» (marzo de 1921).

Primera publicación: *Weird Tales*, junio de 1926.

«El intruso» (3).

Título original: «The Outsider» (1921).

Primera publicación: *Weird Tales*, abril de 1926.

«Los otros dioses» (3).

Título original: «The Other Gods» (14 de agosto de 1921).

Primera publicación: *The Fantasy Fan*, noviembre de 1933.

«La música de Erich Zann» (3).

Título original: «The Music of Erich Zann» (diciembre de 1921).

Primera publicación: *The National Amateur*, marzo de 1922.

«Herbert West, Reanimador» (3).

Título original: «Herbert West-Reanimator» (septiembre 1921/3 de octubre de 1922).

Primera publicación: *Home Brew*, febrero/julio de 1922.

Publicado en Weird Tales, 1942.

«Hypnos» (3).

Título original: «Hypnos» (mayo de 1922).

Primera publicación: *The National Amateur*, mayo de 1923.

«What the Moon Brings» (5 de junio de 1922) (9).

Primera publicación: *The Nacional Amateur* 45, n.° 5, mayo de 1923.

«Azathoth» (3).

Título original: «Azathoth» (junio de 1922).

Primera publicación: *Leaves II,* 1938.

«El horror de Martin's Beach» (2).

Título original: «The Horror at Martin's Beach» (junio, 1922).

Colaboración con Sonia H. Greene.

Publicado en *Weird Tales,* noviembre de 1923, con el título «The Invisible Monster».

«El sabueso» (3).

Título original: «The Hound» (septiembre de 1922).

Primera publicación: *Weird Tales,* febrero de 1925.

«El horror oculto» (4).

Título original: «The Lurking Fear» (noviembre, 1922).

Primera publicación: *Home Brew,* enero/abril de 1923.

«Las ratas en las paredes» (4).

Título original: «The Rats in the Walls» (agosto/septiembre de 1923).

Primera publicación: *Weird Tales,* marzo de 1924.

«Lo indescriptible» (4).

Título original: «The Unnamable» (septiembre de 1923).

Primera publicación: *Weird Tales,* julio de 1925.

«Cenizas» (1).

Título original: «Ashes» (1923).

Colaboración con C. M. Eddy, Jr.

«El devorador de fantasmas» (2).

Título original: «The Ghost-Eater» (1923).

Colaboración con C. M. Eddy, Jr.

Primera publicación: *Weird Tales,* abril de 1924.

«Los amados muertos» (2).

Título original: «The Loved Dead» (1923).

Colaboración con C. M. Eddy, Jr.
Primera publicación: *Weird Tales,* mayo/julio de 1924.
«La ceremonia» (4).
Título original: «The Festival» (1923).
Primera publicación: *Weird Tales,* enero de 1925.
«Sordo, mudo y ciego» (2).
Título original: «Deaf, Dumb, and Blind» (1924?).
Colaboración con C. M. Eddy, Jr.
Primera publicación: *Weird Tales,* abril de 1925.
«Bajo las pirámides» (4).
Título original: «Under the Pyramids» (febrero/marzo de 1924).
Colaboración con Harry Houdini.
Primera publicación: *Weird Tales,* mayo/julio de 1924.
Anteriormente llamado «Imprisoned with the Pharaohs», el título correcto se ha sacado de un artículo de Lovecraft publicado en The Providence Journal, 3 de marzo de 1924.
«La casa maldita» (4).
Título original: «The Shunned House» (16/19 octubre de 1924).
Primera publicación: folleto de Recluse Press, 1928 (editorial de W. Paul Cook).
«El horror de Red Hood» (4).
Título original: «The Horror at Red Hook» (1/2 agosto de 1925).
Primera publicación: *Weird Tales,* enero de 1927.
«Él» (4).
Título original: «He» (11 agosto de 1925).
Primera publicación: *Weird Tales,* septiembre de 1926.
«En la cripta» (4).
Título original: «In the Vault» (18 septiembre de 1925).
Primera publicación: *The Tryout,* noviembre de 1925.
«El descendiente» (3).
Título original: «The Descendant» (1926?).
Primera publicación: *Leaves II,* 1938.

«Aire fresco» (4).

Título original: «Cool Air» (marzo de 1926).

Primera publicación: *Tales of Magic and Mistery,* marzo de 1928.

«La llamada de Cthulhu» (4).

Título original: «The Call of Cthulhu» (verano de 1926).

Primera publicación: *Weird Tales,* febrero de 1928.

«Two Black Bottles» (julio/octubre de 1926) (9).

Primera publicación: *Weird Tales,* agosto de 1927.

Colaboración con Wilfred Blanch Talman.

«El modelo de Pickman» (4).

Título original: «Pickman's Model» (1926).

Primera publicación: *Weird Tales,* octubre de 1927.

«La Llave de Plata» (4).

Título original: «The Silver Key» (1926).

Primera publicación: *Weird Tales,* enero de 1929.

«El extraño caserón en la niebla» (4).

Título original: «The Strange High House in the Mist» (9 de noviembre de 1926).

Primera publicación: *Weird Tales,* octubre de 1931.

«La busca onírica de la desconocida Kadath» (5).

Título original: «The Dream–Quest of Unknown Kadath» (otoño? 1926/22 de enero de 1927).

Primera publicación: *Arkham House,* 1943.

«El caso de Charles Dexter Ward» (5).

Título original: «The Case of Charles Dexter Ward» (enero/1 de marzo de 1927).

Primera publicación: *Weird Tales,* mayo/julio de 1941.

«El color fuera del espacio» (5).

Título original: «The Colour Out of Space» (marzo de 1927).

Primera publicación: *Amazing Stories,* septiembre de 1927.

«La antigüa raza» (1).

Título original: «The Very Old Folk» (2 de noviembre de 1927).

Primera publicación: *Scienti-Snaps, III,* 3, verano de 1940.

«La última prueba» (2).
Título original: «The Last Test» (1927).
Colaboración con Adolphe de Castro.
Primera publicación: *Weird Tales,* noviembre de 1928.
«Historia del Necronomicón» (1).
«History of the Necronomicon» (1927).
Publicado como folleto por *Wilson H. Shepherd,* 1938.
«La maldición de Yig» (2).
Título original: «The Curse of Yig» (1928).
Colaboración con Zealia Bishop.
Primera publicación: *Weird Tales,* noviembre de 1929.
«Ibib» 1928? (9).
Primera publicación: *The O-Wash-Ta-Nong* 3, n.º 1, enero de
    1938.
«El horror de Dunwich» (5).
Título original: «The Dunwich Horror» (verano de 1928).
Primera publicación: *Weird Tales,* abril de 1929.
«El verdugo eléctrico» (2).
Título original: «The Electric Executioner» (1929?).
Colaboración con Adolphe de Castro.
Primera publicación: *Weird Tales,* agosto de 1930.
«El túmulo» (2).
Título original: «The Mound» (diciembre de 1929/comienzo
    de 1930.
Colaboración con Zealia Bishop.
Primera publicación: *Weird Tales,* noviembre de 1940.
«La hechicería de Aphlar» (1)
Título original: «The Sorcery of Aphlar» (1930).
Primera publicación: *The Fantasy Fan,* II, 4, diciembre de 1934.
«El lazo de Medusa» (2).
Título original: «Medusa's Coil» (mayo de 1930).
Colaboración con Zealia Bishop.
Primera publicación: *Weird Tales,* enero de 1939.

«El que susurra en la oscuridad» (6).

Título original: «The Whisperer in Darkness» (24 de febrero/26 de septiembre de 1930).

Primera publicación: *Weird Tales*, agosto de 1931.

«En las montañas de la locura» (6).

Título original: «At the Mountains of Madness» (febrero/22 de marzo de 1931).

Primera publicación: *Astounding Stories* (febrero/marzo/abril de 1936).

«La sombra sobre Innsmouth» (7).

Título original: «The Shadow Over Innsmouth» (noviembre?/3 de diciembre de 1931).

Primera publicación: *Astounding Stories*, junio de 1936.

Existen varios párrafos desechados del relato definitivo (*The Acolyte 2*, n.º 2, primavera de 1944) (9).

«La trampa» (1).

Título original: «The Trap» (final de 1931).

Colaboración con Henry S. Whitehead.

«Los sueños en la Casa de la Bruja» (7).

Título original: «The Dreams in the Witch House» (enero/28 de febrero de 1932).

Primera publicación: *Weird Tales*, julio de 1933.

«El hombre de piedra» (2).

Título original: «The Man of Stone» (1932).

Colaboración con Hazel Heald.

Primera publicación: *Wonder Stories*, octubre de 1932.

«Horror en el museo» (2).

Título original: «The Horror in the Museum» (octubre de 1932).

Colaboración con Hazel Heald.

Primera publicación: *Weird Tales*, julio de 1933.

«A través de las puertas de la Llave de Plata» (7).

Título original: «Through the Gates of the Silver Key» (octubre de 1932/abril 1933).

Colaboración con Hoffmann Price.

Primera publicación: *Weird Tales,* julio de 1934.

«Muerte alada» (2).

Título original: «Winged Death» (1933).

Colaboración con Hazel Heald.

Primera publicación: *Weird Tales,* marzo de 1934.

«Out of the Aeons» (1933) (9).

Colaboración con Hazel Heald.

Primera publicación: *Weird Tales,* abril de 1933.

«El ser en el umbral» (7).

Título original: «The Thing on the Doorstep» (21/24 de agosto de 1933).

Primera publicación: *Weird Tales,* enero de 1937.

«El clérigo maligno» (8).

Título original: «The Evil Clergyman» (octubre de 1933).

Primera publicación: *Weird Tales,* abril de 1939.

«El horror en el cementerio» (2).

Título original: «The Horror in the Burying-Ground» (1933/1935).

Colaboración con Hazel Heald.

Primera publicación: *Weird Tales,* mayo de 1937.

«El libro» (3).

Título original: «The Book» (final de 1933?).

Primera publicación: *Leaves* II, 1938.

«El libro negro de Alsophocus» (1).

Título original: «The Black Tome of Alsophocus» (1934).

Continuación de *El libro,* por Martin S. Warnes.

«El árbol en la colina» (1).

Título original: «The Tree on the Hill» (mayo de 1934).

Colaboración con Duane W. Rimel.

«La batalla que dio fin al siglo» (1).

Título original: «The Battle That Ended the Century» (junio de 1934).

Colaboración con R. H. Barlow.

Primera publicación: folleto editado por R. H. Barlow, 1934.

«La sombra más allá del tiempo» (8).

Título original: «The Shadow Out of Time» (noviembre de 1934/marzo de 1935).

Primera publicación: *Astounding Stories,* junio de 1936.

«Hasta en los mares» (2).

Título original: «Till A' the Seas» (enero de 1935).

Colaboración con R. H. Barlow.

Primera publicación: *The Californian,* 1935.

«Collapsing Cosmoses» (junio de 1935) (9).

Colaboración con R. H. Barlow.

Primera publicación: *Leaves* 2, 1938.

«The Challenge from Beyond» (agosto, 1935) (9).

Colaboración con C. L. Moore, A. Merritt, Robert E. Howard y Frank Belknap Long.

Primera publicación: *Fantasy Magazine* 5, n.º 4, septiembre de 1935.

«La exhumación» (1).

Título original: «The Disinterment» (verano de 1935).

Colaboración: Con Duane W. Rimel.

«El diario de Alonzo Typer» (2).

Título original: «The Diary of Alonzo Typer» (octubre de 1935).

Colaboración con William Lumley.

Primera publicación: *Weird Tales,* febrero de 1938.

«El que acecha en la oscuridad» (8).

Título original: «The Haunter of the Dark» (noviembre de 1935). Primera publicación: *Weird Tales,* diciembre de 1936.

«En los muros de Eryx» (8).

Título original: «In the Walls of Eryx» (enero de 1936).

Colaboración con Kenneth Sterling.

Primera publicación: *Weird Tales,* octubre de 1939.

«La noche del océano» (1).
Título original: «The Night Ocean» (otoño? de 1936).
Colaboración con R. H. Barlow.
Primera publicación: *The Californian*, IV, 3, invierno de 1936.

REFERENCIAS BIBLIOGRÁFICAS

(1) *La noche del océano y otros escritos inéditos,* por H. P. Lovecraft, Editorial Edaf, Madrid, 1991.

(2) *El museo de los horrores,* por H. P. Lovecraft, Editorial Edaf, Madrid, 1993.

(3) *El intruso y otros cuentos fantásticos,* por H. P. Lovecraft, Editorial Edaf, Madrid, 1995.

(4) *La llamada de Cthulhu y otros cuentos de terror,* por H. P. Lovecraf, Editorial Edaf, Madrid, 1997.

(5) *El horror de Dunwich y otros relatos de los mitos de Cthulhu,* por H. P. Lovecraft, Editorial Edaf, Madrid, 1999.

(6) *El que susurra en la oscuridad. En las montañas de la locura,* por H. P. Lovecraft, Editorial Edaf, Madrid, 2001.

(7) *La sombra sobre Innsmouth y otros relatos terroríficos,* por H. P. Lovecraft, Editorial Edaf, Madrid, 2001.

(8) *El que acecha en la oscuridad y los últimos cuentos de los mitos de Cthulhu,* por H. P. Lovecraft, Editorial Edaf, Madrid, 2001.

(9) *Nyarlathotep y otros escritos,* Editorial Edaf, Madrid, 2001.

(*) No existe, solo su referencia.
(**) Perdido.

ÚLTIMOS TÍTULOS PUBLICADOS